日々《ひび》漫成《まんせい》の

（生涯の

はじめに

私の人生の中で、詩らしきものを書き始めたのが小学生の時で、このことは全く記憶になかったが、当時の文集に書いていたのを見つけた。恐らく先生のご指導により、書いたものではなかったかと思っている。その後、大学へ入るまでは、詩を読むことはあるが、書くことはなかった。それは、あまりにもよい詩に触れて、到底自分では書けないと思い、あらゆるタイプの詩の魅力を知ることの方が、より充実していたからだ。また、私自身の専門が理系だから、文学は余興に過ぎなかった。

しかし、自我に目覚めた頃から、書かないでは居られない何かが動き出し、折りに触れ書いていた。それは、後で読めば読むに堪えないものであり、その殆どは棄ててしまった。どんなに拙いものでも、やはり保存すべきと考えたのは、ずっと後のことである。

従って、先ず残っているものを「徒然」に収め、その後、折にふれ書いた詩を「麦浪の里」「天與の日々」「漫成の詩」にまとめた。更にその後、「逍遥の果て」「午睡の窓辺」「林住の夕べ」を書いた。人生の林住期末の歳に、己の人生の期末として、集成するのも一興かと思っている。

勿論、これからも生きていて、心の動く限り、詩は書きたいと思っているが、活力が衰えてくるのは仕方がない。詩は、己れのみが知る人生の中での葛藤の過去の糸口となるものであり、人に読んでもらっても、殆ど価値がないのかも知れない。所詮、ものを書く作家ではない者の書く詩なのである。

令和四年十二月十五日

片山正昭

日々漫成の詩

生涯の詩集

片山正昭

Katayama Masaaki

風詠社

徒然

目次

詩を読んで思うこと

詩には色々な種の感動がある。人々が生まれてから経験した何でもないような事でも、思いがけぬ時に再び現われる。このように、ものを感じさせる何かをもった詩が好きだ。

堆肥の中に、土の香を嗅ぐ時、にわか雨に会った時、ああと思わせる記憶が、忘れかけた感覚の中に蘇る。

白秋の詩に、このような感動の詩が多い。典型的なのは、童謡「子供の村」の中にある「からたちの花」である。からたちの何の変り映えもしない言葉を、こともなげに詠いあげた言語感覚の鋭さを、改めて述べることもないだろう。

ある人は父親にわかってもらえない童心を、またある人は好きな少年の心のもどかしさに泣いた日を思い出す。私にはこのような明瞭な記憶はない。

だが、からたちのあの独特な香り、鼻からこめかみにかけて　じんと沁みわたる異様な感覚が情景の記憶となる。

あれはこうだと思い、それがしっくりくることに気づく。そして、その感覚は残る。私が詞に新鮮さを追い求めるのは、案外こういうところではないかと考えている。

昭和三六年七月一八日

去る人

ふるさとを離れ
裏町の灯に
煤けた材木が
ころがる
その黒々の　ネオンの町
バランスなく
油絵が　まわる

目をふせ
静かに笑った人　行く
あの日
苔の上で暮らし
はかなく　土蔵に消えた
恋のものがたり

仕事につかれ
不治の病から
腑抜けた魂
見捨てられた
裏町を去る

ブローチ

朝日にひかる金魚の球は
少女の胸にひかる

おおきな目に
ぽつんと小さく

もろ手　上げれば
もれ映る　ひかりの中に
一すじ二すじ
三すじ四すじ
無数にさわやかな
尾ひれ
少女の胸に小さく

七夕の夜

丁度あなたほどの年だった
かわいくて
書き方　何ていった
天の川…
それ　手もとが汚れる

ゆうべ　山の井川を
えびが跳ねた
星が水に映え
ゆらゆらと

どうれ出かけるとしよう
この道ゆけば
今夜は峠をこせるじゃろ
嬢ちゃん
よく書けた　さよなら
今夜の星はきれいだ

闇の世界

私の手元から
私の手記がなくなった

私は　人を捨てた
その死骸は
ある颪の日
焼かれて　煙になる
薄くなった　煙を見
ある時は　微笑み
ある時は　突き放し
憎んだことを思い
流れる涙の
闇を見る

競い

ボイラの中で　気がとおくなり
どこか　木魚をたたくルーム
みずから背をむく影
薄い　灯りの中に
格子の扉の　無表情なおもて
人は　叡智をきそう
脳髄をえぐる　鋭利な刃物
天と地に　音響はひらめく

それはまた
十六世紀の宮殿のように
静寂から
しずしずと　わたる冷気
冷酷な　コルベンのひかり
刻々と時を移す

罪のおもい

曙は　生まれ
曙は　滅びてゆく

帆をはった
夜船の悲しみ
それは
肉体の　再生だが

たちまち
愛は泣きふす
シニックな悪魔が
心を　支配する

思い出

通りゃんせ
しと降る雨夜は
通りゃんせ
この橋は桃源郷
越えて戻れぬそぞろ道

通りゃんせ
麗しきかな　天竺《てんじく》の
板橋のおみなごの
そぞろそぞろの銀の声

麗しきかな
おみなごの
ふり返りみるかたえくぼ

この橋は桃源郷
越えて戻れぬそぞろ道
通りゃんせ

福岡県三潴町南清松、山の井川（筑後川支流）に架かる橋。戦後の時代には、比較的大きくて、太鼓橋と呼ばれていた。橋を渡れば、橋のたもとの左手に散髪屋があった。思い返せば、当時の丸い橋は、橋の中でも特異であり、花街に通じる橋に類似していた。

気

喜びは
この一とせ

我ら
歩み続ける大地
たちこめる
もやの中
無限へ　始動

我に
ただよう空気
そは時代の
新しい光か

こころ

僕はしんみり
あの娘に
好きですと言う
そして
有頂天になる
でも　あの娘に会ったら
僕はちいさくなる
にこにこ笑う
僕は好きですと
言った気になる
僕のハートは
ゴムのように
のびたり　縮んだりする

リンリン鳴る鈴

リンリン鳴る鈴
何の鈴
遠いお国の姫様の
落とした涙の
銀の鈴

リンリン鳴る鈴
何の鈴
お別れ前にただ一度
偲ぶこころの
銀の鈴

リンリン鳴る鈴
何の鈴
遠いお国の姫様の
歩く姿の
銀の鈴

闇をみつめて

窓から
あの娘の影がもれる
机に向かう
あの娘の背後から
そおーと　ぬけだした

電柱にもたれ
私のいない　あの娘の影
冷たくはく息が
オーバーの襟に　ひかる
私の前を　通りぬける人の
世界が　悲しい
あの娘は　私を知らない

見つめている　私を
物思いにふける　私を
都会の夜は
底知れず暗い

細道

石だたみは苔むし
草の実　とび散らばり
奥深くたどる　細道。
童の　歌いつつ駆けた石だたみ
早や　遠き日の思い

立ち枯れゆく鳥居に
鳥の数々
天神様は　何処におわすか

忘れ去られることのありがたさよ
取り残されることのありがたさよ
今なお古き
社が　鳥居が　石だたみが　土が
訪れ人のない裏山に

さりげない天然の恵み
誰にも認められず
そっと置き去りにされてゆく
愛しい細道

福岡市　西公園にある天神様。幼少の頃馴染んだ神社。

からたち

そのからたちはあった
鄙びた路地の片隅にあった

もうその緑はなく
黄色い長い針の
前衛挿花を思わせる姿
あかい夕日に
まろい金の実を
そこかしこ鏤め
そのからたちはあった

小虫の飛びかう夕まぐれ
幼子の裾にかかる
あの柔らな　針
しめやかに　苦い薫り

垂れさがる　若葉の露
戯れた　日々

そのからたちは
やさしく
からたちは
移りゆく　時を映し
時々をきざむ
何を求めん
そのからたちに

みかんの木の言葉

今年はまた沢山の実を
まっ黄色の　葡萄の房状の
いい香りの
でも大きさがねえ
みんな同じ小さな実とは

だってみんな落とさずに
わけへだてなく育てたのだから

でもみんなもっと
大きかったらいいのに

それは無理
お隣には石榴もぐみもあり
食物も水も平等に
与えるのだから

食物も水も沢山あればいい
それも無理
だって地球は
人も動物も
みんなわけへだてなく増え
いくら考えても
物は　そんなにないのだから

いくらかの土地

焼け跡に残った
いくらかの残骸と土地
煤けた材木
トタンの住家
一本の小さな無花果《いちじく》の木
それで恵まれた。

それから三十年
いくらかの土地は
草が茂り
こおろぎが鳴き
無花果《いちじく》の実は　沢山成った
マンションの支払いと
税金のために働き
土地は急騰　億万地主となり
恵まれていた

それから三十年
周りは開発が　一変した
いくらかの土地を
買いにくる人　絶えた
無花果《いちじく》と　共に老いた
土地は　名誉か
生きがい　だったか
本当に与えられたものは
無花果《いちじく》の実だけだった

はじらい

明日は初めての
幼稚園の　運動会
応援に行く　と言えば
だまって下を向く
明日は楽しみだから
行ってもいいかと言えば
だまって下をむく

積み木をしながら
明日は　運動会だね
小さな声で
跳び箱ができないのという

じゃ練習しようかと言えば
ううん　とさびしそうに
初めてみせた幼子の
はじらい

心

夕暮れ　迫る
雨は　雪となる
履物なく
音もなく
脱いだ足袋を手に
思いきり
素足

冷たくて
痛い道ゆき
熱い心　凍る

街を歩く

うす暗く　暮れ行く街
限りなき　郷《さと》の思いの
離れぬ身に
得ることのできぬ
やすらぎ
薄霧流れ
明かりは流れ
人もまた流れ
時は流れる

うす暗く　暮れ行く街
冷たい風　心地よく
思案顔な　人の歩く街
あかりは　色濃く
人々は　ざわめく
この街の　終着点は
どこだろうか
街のあかりに　身を寄せ
親しむひと時

暑い夏日

陽は高く　暑さ漲《みなぎ》る
人声　高らかに
浜辺は　素足
照りかえす　肌と汗と
止まぬ　情熱
心　遥遥《ようよう》
陰鬱《いんうつ》の思いなく
自然に返る

夏の日は　嬉し
連れ行くは　楽し
夏は　全てを燃やし
あらん限りを尽くす

赤く燃え盛る　日々
ゆく夏は　思い出
旅人は　仰ぎ見て
悠悠《ゆうゆう》　黄昏《たそがれ》を惜しむ

ったくもう‥

ったくもう‥
だまし電話は鳴る
だまされるから騙す
だまし　騙され続け
ウイルス　氾濫
盾と矛ばかりのビジネス

ったくもう‥
だまし宗教は　パレード
教える人の
力もない倫理
歴史に学ぶ人もなし
退廃の世の　偉人は
今　どこに

望郷

街《ちまた》に　人あふれ
行き交う　人々の群れ
色とりどりに　賑し
なぜか心さびし
かえりなんいざ

あげひばり　囀り
菜の花は　田の面に映ゆ
心ゆかしき人々の
言葉に　気もそぞろ
何を　忘れおいたか
心定まらず
かえりなんいざ

麦穂は　黄金に輝き
堀に　はや水来る
かいつぶり　羽ばたく

緑増す　水面
樹に高く
かけす　巣つくる
童子の　声は高らか

かえりなんいざ
かえりなんいざ

秋風

瓦《いらか》は朱《しゅ》に映《ば》え　遥か山の端に雁行を見る
秋風　なお穏やかにして楓《かえで》は静かなり
晴々《しょうしょう》と落葉を踏む　旧郷の思い
同《とも》に来りて夫《か》の光明禅寺を睨《み》る

山寺の秋

年経りたる僧の
庫裏《くり》の足袋《たび》摺《す》り
庭のかえでは　赤らみて
この静けさ　やすらぎ
思いは深し

古き山寺の
枯山水より　渡る風
さわさわと　木々を揺らす
座りて掴む　望郷の影
思いは廻る

かえでは　夕日に映え
あかあか燃え
時　過るを覚えず

太宰府天満宮の参道の右手の路地に入れば、賑やかさは一変して淋しい人通りになる。そこに光明禅寺という小さな寺がある。太宰府の華やかさから取り残されたような、静かなお寺だ。禅宗だから飾り気もない。

そこは、心安らぎ、暇ありの風情がある。

窓辺によりて

うす黒き雲　いくたびか
流れゆく　杉木立
いかにおわすや
ためらいの　窓辺に
すきま風　さやさやと鳴る

まだ見ぬ心の　誠あれど
雷《いかずち》の
眼差し脅ゆ
白くのみ　街は霞みて
人々の　走り歩かん様かなし

うすき雲　いくたびか
流れゆく　昼さがり

福岡県筑紫野市。母親の住宅で過ごす日々。周囲の状況は何もかも目新しい。

母親が健在であれば、この環境も、人生に有用な環境になるかと。だが、いずれ人は儚い夢なのだ。

雑草の如く

庭の片隅に
六寸あまりの雑草
何年も変わりない雑草

ある時
雑草は　刈り取られた
雑草は直ちに　芽を出し
花をつけ　種を実らせた
短い間の　成長の身の丈は
二寸足らずになった

庭の片隅の雑草は
再び刈取られた
雑草は　直ちに
芽を出し　種を造ったが
もう冬も近く
身の丈は　一寸にもみたない

小さい雑草は
気付かれず
雑草は　雑草の人生を
形は変わっても　相変わらず
密かに　種を落とし
いつまでも
庭の片隅に生きた

それに気付く者は
もう居ない。

孔子曰く

昨今の犬猫　何に由り生きる
その寿命　何を以って知る
思うに　畜生は　種の保存を天命とし
生まれて　生の術を得るに一年
また衰え　域を失わば一年に死す
これ畜生の畜生たる所以か

人もまた　空しく相似たり
須《あまね》く十年余にして　社会を学び得
世に出　四十年余は　社会に奉ず
世に在って　徒《いたずら》に学舎に遊び
己の欲を　専らと作《な》すを容《ゆる》さず
胡《なん》ぞ老いに至るまで
世の富に　尽すを楽とせんや
これ人の人たる所以なり

老いに至らば　六十にして耳順《みみしたが》う
願わくは　心の欲する所に従い
矩《のり》を踰《こ》えず　自から楽しむ可し
若し七十余に生あらば
個に生きるべし。
個に悟り無くんば
憐憫にして　世に疎まれり。

幼子

霧雨の煙る庭さき
あざやかなみかんの木
幼子は　欲しいと言う
それでは　好きなだけと
はさみを手に
目先のみかんを切り落とす
じっと見てわらう
もっといいよとまた落とす
たどたどしいはさみは
あとはもう次から次へ
身の丈周りを取り
枝の下へわけ入り取り
みかんはみるみる山となる
もう届くみかんはない

困った顔は
手の届かぬ枝を　押さえて欲しいと言う
またひとしきり切り落とす
もう取れない
さびしい顔は　うらめしそうに高い枝をみる
そして可能な限界を知る
ではお家に入り
みかんをきれいにしようと言えば
救われたように　にっこりわらう
幼子は　自らの気持ちを切り替えた
幼子の髪に
うっすらと霧雨が光っていた

怒り

幼子は乗馬が好きだった
二歳ではまだ乗れない
それでも何度も乗り
チケットを買うことも
乗り場へ行くことも覚えた
そして何度も
乗り続けた
またお馬に乗りに行こう
それが楽しみだった

ある時
大きな子供たちの一団
いつものように
幼子は乗りに行く
だが順番に並ぶことを知らず

どうして乗せてくれないのか
やがて幼子の番がきた

係りはあまりにも
幼子が小さいので
小さい子馬を待った
幼子はまたも乗れない
くやしさに顔をゆがめ
大声で泣く

以来　乗馬の魅力は
幼子の心から消えた
いや　消し去った

まっ黒になった

歩道のさつきが
街路樹の葉っぱが
家並の屋根が
まっ黒になった

人のからだが
人のこころが
まっ黒になった

まっ黒な　こころは
まっ黒で　あたり前
まっ黒な　世をつくり
なにもかも
まっ黒になった

流せ　流せ　みんな流せ
雨よ　降れ降れ　流し去れ
黒い中にも
あおい芽は見える

人類のあやまち

麻薬に追われる如く
破壊と修復を　繰り返し
破壊は正義と思い
修復は情け　美徳と思い
自然の適性　破壊しつくし
大きな地球　自然の調和を蝕む
それを止める術はなし
その転がり　止められず

何千年　何百年もの時代を
災害や疫病と　向かい合い
繁栄し続けた　人類
未開は未開なりの　裕福があり
文明が未開を　不幸と決める
文明が未開を　破壊し尽くし

文明は瞬時に　地球全土に
関与する術を知った

人類を　文明の規格にはめ
地球は　限りなく消耗する
もはや動物保護の如き
自然への回帰はない

夏の日

日は高く
照りわたり
石ころ小道　焼け
童等　走り追う
きちきちばった
あの夏の日

入道雲
湧きあがり
喧騒な稲妻
慌しき　雨あがり
虹の大橋
あの夏の日

すず風来り
満天の　銀河
さわやかに
乙女等の集う
一畳の縁台
あの夏の日

福岡県三潴町。筑後平野の夏は、典型的な夏気候であり、快晴と夕立ちが起こる。貧しい時代の、一時の憩い。

つれづれ

私の田舎の言葉に、「とぜんなか」という方言がある。雨の降る日は仕事もなく、手持ち無沙汰な中に侘しい気持ちを表す言葉である。

高校の国語の教師が「とじぇんなか」という言葉は「徒然なか」と書くと言った。徒然草の講義の時である。方言は、大方、古語からきていることが多いのでそうかも知れない。だが徒然はわかっても「なか」の部分は普通「ない」という意味なので、わかったような、分からないような気分を思いだす。

いずれにしても、徒然をつれづれというのは、何となく響きがよく、当時から好きな言葉の一つになった。

別れ

煤けた床　ささくれ飯台
戸板をたたく風
今はもう過去
分かりてなお
何故のすれ違い
あなたは　出ていくと
銀河　星降る夜のこと

虫の音　しんと途絶え
こぼれ落ちる　紙片
失われる　寂しさ
せつせつと
尽くせた思い
これが明日への道なのか
銀河　星降る夜のこと

窓のひび　割れ目をなぞり
行く日長く　はるかな小道
月はいまだし　闇深く
踏みしく石を
さくさくと
うし蛙の声　侘しく
銀河　星降る夜のこと

島の思い出

浜辺の岬は　薄くたそがれ
赤いコートは　ただひとり

岬の上に　残り日ありて
見やる先は　何処の国か

遠く霞む　島影に
見てもせんなき　儚《はかな》い国ぞ

岬のいし場は　さびさびと
残り日も消え　影を落としぬ

海原遠く　地平かすみて
島影淡く　いさり火ゆれる

海ねこの群れは　岬を低く
赤いコートは　今や見えず

沖縄の北方へ行く。戦中に、民間人の悲劇が生じた。真剣に生きようとした人達の哀しさが胸を打つ。

淡い想い

あれはリゲル
あれはペテルギュウス

校庭は静まり
小さな声で指さす先生
仰ぎ見る満天の中に
ひと際光る星
ああ　星にかたちがあり
ドラマがある世界を
初めて見せ　教えた先生

わが限りないロマンは
ここから始まり
星の数ほどになり
先生が女神ほどになり
そして心が
いつのまにか晴れていた

あれはオリオン座
あれはカシオペア座

久留米市犬塚小学校六年生の時でした。
夜の星空の魅力を始めて知りました。

平成三十一年　第二十一回　六一会　星野　掲載

蟻のゆく道

ある夏の暑い日
蟻は並んで歩く
早くもなく　遅くもなく
着かず離れず
どこへゆくのか
己のゆく先は
前にゆく者にまかせ
その者は　よりえらく
その前をゆく者はもっとえらく
それはもう
己が生まれるよりも
ずっと前から決められ
変わることなく
変える意思もなく
変えることを口にする者もなし
ただ営々と並んで歩く

誰が決めたか
壁に沿い　より複雑に
まわりくどく歩く
誰も疑問を持たない
疑問は困るか　煩わしいか

ある夏の暑い日
一人の変わり者が
前の者について行けなくなったら
近道をしようと　道をはずれたら
道をはずし　破滅へ誘導したら
蟻の列は粛々《しゅくしゅく》と
変わるを知らず
粛々《しゅくしゅく》と歩く　粛々《しゅくしゅく》と

上田市山口。裏山を切り崩して造られた庭は、土石で覆われたままの自然の広場だった。

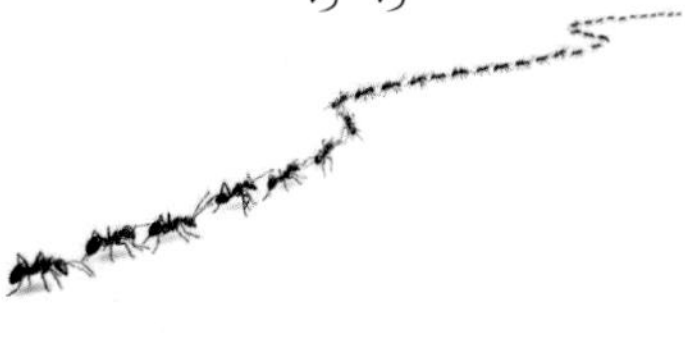

生きる

何かのために生きる
何かのために死ぬ
何かに対し生きる
何かに対し死ぬ

何かは　国家　主君
何かは　神仏　教祖
何かは　自然　科学　芸術　肉体
何かは　愛　名誉　憎しみ　快楽

満たされない幸せ
満たされた不幸せ
何かがわからない不幸せ

平和はまぼろし
まぼろしは幸せ

まぼろしは人
まぼろしがまぼろしでなくなり
まぼろしが消え
不幸にさまよう

世は限りなく大きな輪廻
そして　人は生きる

日射

午後の　陽《ひ》は高く
風は　凪ぐ
水面《みずも》の　水草《くさ》光り
色とりどりの　蜻蛉
釣り糸　舞う
息は熱く　軽く
滴る汗は　消え
音は遠くに　去る

街角に春

白いビル　立ち並び
淡い風　吹きぬける
歩き去る人々　語り合い
栗毛は　頬になびき
風の子　飛び散らう

街角をよぎる　公園
わずかにゆれる　ブランコ
うす赤き　芽をふく木々
春のそよぎの　日だまり
赤きビルに映ゆ

踏み敷く道　細々と
ビルの谷間の広場
一期《いちご》の春と　想いめぐり
足もとに　砂利の音
なぜかゆかしき
午後のひと時

博多駅を出て路地に入れば、そこには公園がある。賑やかさが嘘のような世界へ入れる。

スナックの夜

ボトル棚　ひかり淡く
映し見る心
ちぎれ　ちぎれる
侘しくて
賑やかな日々
数々のステージ

有線の　音色かなしく
声をあげても
どこか　消えゆく
きらびやかに
舞い踊る日々の
輝いたステージ

木枯らしにドアは冷たく
口ずさむ歌
待ち人はいない
悔やんでも
返らない日々の
思い出のステージ

はだかの人を愛す

海岸線の先　半島伸び
遠く　続く大海原
何度も見た
関西の　工場建設
たびたび通った三年
いつも見た　窓際の席
その光景は
次第に大きくなる

創造的　道を開く
何千人かを統率する
夜は街で付き合う
そんな暮らし
充実していた暮らし
だが何処かに
何かを忘れたような
衰えゆく肉体が
それを　取り戻せなくなる
それは何か

それが見えるのに　三年かかる
自然の中での　創造と歓び
時間をかけ　ゆっくり
心のままに　自然に付き合う歓び
いつも見ていた風景　何度も
見えないものを見た

機会を得た時　すでに六十歳
仕事人生の切りかえは　早い
名刺を着て　人と思う倒錯
その世界は失せ
はだかの人を　愛す歓び

書棚の片隅に　眠っていた
三十数年前の
途切れたままの　詩集は
再び光をみた

佳人《かじん》逝《ゆ》く

風は飄蕭《ひょうしょう》として筑水《ちくすい》寒し
昔聞く弦上《げんじょう》の思い　終《つい》に鳴らず
奈何《いかん》ともなす可き無し　佳人《かじん》の逝《ゆ》くを
仰ぎみる古処《こしょ》の山々　寂《せき》として声なし

小学校時代に、同じ班にいた女性。中学以降、会う機会は殆どなかった。だが、私のことはよく覚えてくれて、社会人になって、福岡を離れる時、手紙をいただいた。これも、人生のすれ違いというのか。

初恋

いつの日に　想い初めしか
過ぎし日の事ごと
浮かびし瞳に　心残りて
尽くせぬ理《ことわ》り　などかもどかし

遥か小道より
走り来る　少女《おとめ》の影あり
描く筆も　そぞろに
その人なるや　姿美しき

今はもう　課外日さえたれ
見るも　聞くも空《そら》なり
覚えず返り　相みる瞳に
様定まらず　おもい迷いぬ

巣立ち日の　せまりくる
その人の　便りも疎まし
ただ声など　聞かむとて
窓辺歩くは　幾たびか

ぜにごけ

ぜにごけは　裏路地
ぜにごけは　木陰
黄昏　薄らあかり
冷ややかな　鱗《こけ》
だが、疎まれるは哀れ

ぜにごけは　人
ぜにごけは　己
ぜにごけの心は　情け
ぜにごけは　さびしい

今日も明日も　己は綻《ほころ》び　繕《つくろ》い
ただ　ひたすらに　人目を忍び
やがては　忘れ去られる日を
ただ　それだけを思い
限りなく　地表を這う

関川の里

遅き春の風　冷ややかに
一人たどる　荒川のほとり
萱葺《かやぶ》き屋根の　居並びは
苔むして　なめらかかなり
いにしへの越後　関川の宿《しゅく》

ほの暗きあかり揺れ
桜木《さくらぎ》の　燻《く》ゆるやゆかし
いろり火の　赤る間《ま》に
嫗語《おうな》らう　過ぎし世も
かくも素朴なりや　心遥けし

うつし世の　なぐさみに
巡《めぐ》りゆく　下関の路地《みち》
あくせき世　過ぎし身なれば
悔《く》ゆるなし　そぞろ歩かん
ただ、湯けむり嬉し　旅ごころ

新潟県関川村。親戚の大きな旧家佐藤邸（江戸時代）。日本の国指定重要文化財。
藁屋根造りだから、今でも毎日いろりを焚く。
隣家（渡邊邸）も同様国指定重要文化財。

思い出の詩集とは

記憶に残る詩とは何だろうか。

それは、その人の体の一部がその詩に何か係わっていることだろう。何かは明瞭でなくとも、惹きつける何かは、どこかに存在している。詩は、読む人が自由に解釈すればよいと思う。

詩は、読んで十人の人が十人とも、同じ情景や意味を読みとれば、それは詩というより語りになる。それでも詩ではある。しかし、よい詩は語ろうとする言葉を、限りなく短くし、短くした結果、読者に限りなく、発展的な想像を描けさせる。本質的には、短距離と長距離のような違いはあるにせよ、俳句や和歌と変わりはない。ただ詩はその詩によって自由に韻律をも含ませ、立体的な構想を選べるのである。

夜明け

流れのむこうは　大海原
白みゆく　海岸線
釣り人の足は　物憂く
砂丘を噛む

岸辺の明かりは　薄ぼんやりと
霧のかなたにゆらぎ
時折りの　鳥の声
波の音に乗る

つかぬ間の　癒《いや》しに
独りたどる　流れの岸辺
夜露は風に　ひやひやと
はてしない　砂丘は続く

さよなら

さよならと言った
さよならと言う
さよならは遠く
いつの間にか何十年になった

さりげないさよならはまた会える
笑ってさよならは
ずっと奥深く見つめ
一期一会のさよならと
知っていた筈なのに
さよならは知らぬ間に
何十年の重さとなっていた

人はいずれさよならを言う
そのさよならは
共にはわかり得ない
どんなさよならも
さよならは侘しい

駅の片隅で
笑ってさよならと言った
さよならと言う

大学時代の同窓会、関西倉敷市。解散は駅だった。

旅立ち

列車の　連結音
広々の　引込線のなかに
長々延びるホーム
駅舎の柱に
かすかに見る　やないの文字
朝霞みの中　のろのろ
バケツを持つ人　動めく

眠っていたか
昨日から逃れ
飛べば　数時間の空間を
何時間もの間
各駅停車にゆられる
心の闇の記憶は　いまだ去らず
ただ　時間を見つめ
列車に身をまかす

学童は　さわがし
若者は　不機嫌に目をつむる
一しきりの雑踏は　やがて去る
暖かい午後　かしましい老女達
そして又　混雑が始まり　日は暮れる
また繰り返す　人の営みをみつめ

旅は侘しく　孤独に落ちる
新世界など　ありはしない
己の過去を　なくした者に
何がある
旅は侘しく　時間のみが流れる
旅に歩き　過去をみる
過去の心に　旅を求め
列車は　走る

信州の里

裏山に　雉《きじ》の声ひびき
薄霧たなびき　夜は明ける
鶯色の　山の峰
上田の里に　春来《きた》る

菅平　雪は輝き
浅間山肌　いまだ萌えず
暖かき　日差しをあびて
登り行く人あり
りんご棚　果てしなく
垣間《かいま》見る　姿は何処《いずこ》

ちぎれ雲流れ
影　山麓をめぐる
太郎山　頂き明るく
小諸の丘は　平らにして
千曲川　うねり輝く

あてどなく歩けば
静かなる日　こころ安らぐ
去りゆくもの
消えゆくもの
いままた　わが胸に戻る

上田市山口。市街から少し離れた住宅地。小高い位置にあり、市街を眺めることが出来る。

童の恐怖

賊は　階下に来ていた
二階の押入れの
羽目板をはずし
屋根裏から　屋根に出た
数十米先に　楠の大木がある
そこへ　逃れようと思った
思いきり羽ばたき　飛んだ
体は浮いた
腕を止めると　体は下がる
必死にもがき
ついに楠木の下枝を捉えた

毎日　水辺で遊んだ童は
犬掻きで　体が浮くことを覚える
対岸へ　泳ぎ渡ろうと思う
掘の中ほどは　異様に温かく
底知れぬ深さ　不安増す
必死に手足を動かし
対岸が　目前に見えた
安堵と喜びで　立ち上がる。
足は吸い込まれ　水を飲んだ
だが　手は　確実に土手を捉えた

はんぎり遊び

よしの葉陰《はかげ》に　はんぎり見つけた
菱《ひし》取り業《ぎょう》へ　出航だ
回る回る　回りを止めろ
右だ左だ　それ櫂《か》け進め
かき出せかき出せ　たまり水

ご満悦船長　つぶやいた
「一杯一杯もう一杯
我は酔うて眠らんと欲す」

昔の田舎では、堀が多くあり、そこで菱がよく育つ。実がなる頃になると、はんぎりと呼ばれるたらいオケに乗り、菱のみを収穫する。

同朋《どうほう》と旅す

集い来《きた》る　故郷《ふるさと》の海辺は已《すで》に彼方《かなた》なり
歳月五十年　知己《ちき》皆白髪を戴《いただ》く
我共に語らんと欲すれども口開かず巌《いわお》を巡《めぐ》るが如し
ただ見るは　桜島山　煙なく霞《かすみ》漂う

二〇〇三・六・一　第五回　六一会　指宿

城壁を歩く

夏草の中を歩く
石垣の上を歩く
遥か海原を望《のぞ》み
ひやひやと　木陰を行く
城壁は　限りなく
数百年　踏み敷かれた道なり
数々の石の下
今　想い辿《たど》る

ひと時の　やすらぎに
疎《うと》ましき　世は遠い
時折に　からすの声
悠久《ゆうきゅう》の心　誘う
何故《なにゆえ》　人混《ひとご》みを求め
何故　あくせく
ただ　一包の食に浸り
万感《ばんかん》の気　いよよ募《つの》る

福岡市　黒田のお城の跡。

西公園

うららなる　五月《さつき》の
真昼時の　静けさ。
うす緑色の　こずえの
そよぎに　小鳥は舞い踊る
道の端《は》より　降りる
木々の根も　黒々と
歳経《ふ》りて　なお勇壮なれば
百年一日も　変わることなし
斯くあらんか　愛しき者よ
木漏日《こもれび》の　丘の細道。
廻り歩く　わが故郷の道

福岡市荒戸町は、我がふるさと。幼き日、父と共に過ごした日々。
西公園はすぐ側で、参道の斜面でよく遊んだ。今も殆ど変わりない。

たら竹崎

紺碧《こんぺき》の　空と海と
吹きおろす風
緑なす　高菜畑《だかなはた》に
老婆　ひとり

渺茫《びょうぼう》と　干潟《ひがた》に
鳥の群　颯爽《さっそう》たり
見下ろす　浜のうえ
子等は走る

たら竹崎は　今も昔
石に座りて
高菜葉《たかなは》　削《そ》ぐは
昔の母の　姿ならん

金棒《かなぼう》

金棒は　宝物
お爺さんが作った　宝物
雨上がりの　川の土手
穴へ　打てば
蟹は　飛び出す

金棒は　宝物
お爺さんが作った　宝物
獲物うごめく　斗米袋
天秤かついで
ずんずん歩く

金棒は　宝物
お爺さんが作った　宝物
ゆうべ寂しい　槌の音
刃先に残る
傷のあと

かえり道

水すましは　軽《かろ》やかだ
げんごろう出て来い　餌《えさ》やるぞ
足を浸せば　冷たかろ

田舎の小道は　暑くて遠い
学校かえりは　草の上
蝗《いなご》見えたぞ　稲の葉揺れた

馬車が通る　走れや走れ
ただ乗り列車の　お通りだ
荷藁《にわら》に潜《もぐ》れ　身を隠せ

雨は過ぎた　爽《さわ》やかだ
泥水跳ねるぞ　水たまり
にわか竹刀の　やぶれ傘

田舎を出る

草茂る　砂利の路地
楠はしめやかに　薄暗し
戸板ばりの　風呂小屋は
ささくれて　湯けむりの
漏れ出でて　臭《にお》い懐《ゆか》し

村は古び　淡き夢も
よそよそし　生きる術《すべ》なし
旅立つは　明日
再び相見る　この村はなし

あずま屋の　井戸端も
時折りの　なぐさみか
水汲み女　子等の声々
あばら家に　風鈴の音《ね》
はや　秋の風立。

福岡県三潴町大犬塚。大学を卒業し、関西に就職。その出立。駅から我が家に至る路地は、子供の頃のまま変わらない。
この家に母親が移り住んでいた。学生時代に、夏休みなどで滞在していた。

犬と狼

犬は　人に付く
付く犬ほど　高価という
付かない犬は　低脳で捨てられる
犬は何故　人に付くのか
いつから　人に付くを覚えたか
犬は獣である
獣の世界で　何とする

犬は　施しを受け
施しを受ける犬ほど　高価だ
施しを受けた犬は　獣なのか
獣の世界で　生きるのは狼
狼は　施しを受けない
施しを持つ人を　否定し
害は　人であることを知る
獣の世界を　守り戦う

狼には　獣の世が見えるが
犬には　見えない
人は狼を見ると　嫌になり
犬を見ると　嬉しくなる
人の勝手が　犬をもて囃し
犬属の人の　世ができる
犬の価値観と　狼の価値観
人の世も　犬と狼しか居ない
だが、狼の顔は　どこにあるのか

蒼大な星空よ

山郷の　瀬音
見上げる　夜空
夥しい星の　あの空
いつしか　見ることもなく
記憶から　薄れ去った空
知るも語るも　なくなった空

遅い春の　野辺に浮ぶ　夕月
燻ゆる蚊遣りの　夏の縁台
うら寂しい　秋冬の小道
いつも　身近に見た空
山の端に　架かる銀河
天空の絵巻

今　宇宙の果てからも見える
偉大で　煌びやか過ぎるこの国

信じ合えず
ただ暗夜を恐れ
限りなく　灯りと喧騒を求める
それが　当然であるかのように

そして、蒼大な星空は
この国から　遠ざかる
忘れ去られる　世代では
語られることもなく

鴨川に泊《はく》す

眼下《がんか》に山廻《めぐ》り　軽煙《けいえん》流る
秋気冷やかにして　黄葉微《かす》かなり
舊酒《きゅうしゅ》の徒《と》　皆　眠り未だ覚めず
独《ひと》り曙光《しょこう》に対す　鴨川の楼《ろう》

老母《ろうぼ》を伴う

春風冷やかなりて、　日は山村に当たり
野は茫茫《ぼうぼう》、　処々《しょしょ》　寒梅繚乱《りょうらん》す
齷齪《あくせく》たる昔日《せきじつ》　今や覚えず
八女徘徊《はいかい》す　還《ま》た幾度《いくたび》かあらん

遠い雲仙

湯けむりのむこうに
隙間だらけの戸板張りの囲い
消えかけた「ゆで玉子」文字の板切れ
ぬっと現れた老婆
瞬間　淡い記憶がよぎる
その時だけだった

土中から立ち上る噴煙も
路傍の杉木立も
小浜に寄せる波も
何かがよそよそしい
五十年余の歳月と
一瞬にして破壊し尽くした普賢の災い
今はもう　戻らぬ島か
金ピカの建物に覆われた街か

今　見るがいい
今　聞くがいい
今　知るがいい
子供の頃の　あの山を
今にも消え去ろうとする　この村を
そして　今度こそは
二度と見ることのない　土中深くに
眠ってしまう　己の過去を

平成十六年　第六回
六一会　雲仙

高麗芝哀愁

庭の東の高台から
高麗は強く　逞《たくま》しく
どこにでも　地下茎を伸ばし
西の裾野の　ベント芝と
四季折々に　豊かな緑をなす
片隅に　小集団のクローバ
すみれや　かたばみも
遠慮がちな　花を咲かせる
高麗は　威厳を保ち
高麗は　自由の世界であり
草花にも寛容で　自由を謳歌する

だが　異変はきた
ひと月に及ぶ日照り　そして雨季
寒い夏　遅い暑気
高麗は　生気を失《な》くし
クローバやすみれは　野生に目覚め
豊かな芝地に　拠点を求め
種を飛ばし
クローバの　ランナーは
芝を覆い　根を下ろし広がる

高麗は悔いた
種《しゅ》の個性は不変　自由は放任と
気付かない自分を
発展力もなく　己の弱さを知らず
共生のみを　唱えたベントは
無残にも　存在すら危うい

不敵な進入者を　除くことは
己の芝根を切り　痛みを知り
そここに　破壊の傷跡を残す
もはや　雑草の本拠は
薬剤で　不毛化するしかなく
何者の進入も　許されない世界となる
いつの日に
あの美しい日々は　戻るのか

老師を訪ぬ

島復《ま》た島　岬を回れば
東方　桂岳は映え
悠然《ゆうぜん》なり　天草の灘
西方　日《ひ》将《まさ》に暮れんとし
海村《かいそん》は　事《じ》事《じ》幽《ゆう》なり
終《つい》に　師が家に至りて
天理　真《しん》意《い》あるを聴《き》く

中島敏子先生の家を訪ねる。

仁田峠

峠への小道は　辛い道
芝原をよぎり
這うように　登った道
舗装道路と
ツツジの植込みを
靴を鳴らして　歩く
それは　どこにもある
名所の装いだった

仁田峠　山かげの道は
人と時代を超え
底深い幽玄静寂
遥か遠くに
噴煙を仰ぎみて　恐れる
それを今も
辿りつつ　想いは巡る
寂しさの道

雲仙の仁田峠は小学六年時の旅行で訪れた場所だ。
老年の母親を連れて、全家族で訪れた。

帰る

瑠璃色の島々
朧な　三日月形の浜辺を過ぎれば
そこは山裾
遠い昔に帰る　滑走路
お国なまりも
行き交う若者も
どこか似た顔が　交錯する

帰るところの　故郷は
己の姿の　映すところ
何十年も　昨日と
ただ　そこにあり続ける
野辺の　草や木のように

今　残るは　遠い日々
通し続けた　我という
頑是ない　絵巻となって

普賢岳《ふげんだけ》

青山《せいざん》は白頭《はくとう》にして天空《てんくう》に聳《そび》ゆ
一度《ひとたび》の憤怒《ふんぬ》　瞬息《しゅんそく》にして灰塵《かいじん》
此《こ》れ　人の世の習いならんや
然《しか》るに　普賢《ふげん》は　今　悠悠《ゆうゆう》静かなり

平成十六年　第六回　六一会　雲仙

荒徑《こうけい》秋月城址

西風《せいふう》来《きた》りて　暫《しば》し葉聲《ようせい》鳴る
人蹤《じんしょう》少《まれ》なり　秋月城址
聞く道《ならく》　離愁客衣《りしゅうきゃくい》を牽《ひ》くと
眼下《がんか》　石磴《せきとう》峻《しゅん》にして思い紛紛《ふんぷん》

平成十六年　秋月へゆく。

南の島

白く輝く
タモンの渚
ハイビスカスの
花咲きみだれ
浅瀬は遠く　白い波
ここは遥か　南の島
マホガニ色の
素肌に跳ねる　水しぶき

日暮れとなれば
風さわやかに
椰子の葉　揺れる
揺れて愛しい
しなやかな指
黒い瞳の　乙女子の
踊るドラムの　心根に
チャモロ踊りは水の上
チャモロ踊りを踊ろうよ

平成十七年　家族でグアムへ。グアム島の海辺は美しい。夜になれば、現地のチャモロ族の踊りが始まる。南洋の人々の生活は、その楽しみが同化している。別途、作曲を行った。

望江樓《ぼうこうろう》

水一湾《いちわん》す　錦江《きんこう》の辺《ほとり》
人蹤少《じんしょうまれ》にして　幽鳥啼《ゆうちょうな》く
将《まさ》に畫圖《えと》なりや　校書《こうしょ》の心
望江樓下《ぼうこうろうか》は　荷葉滋《かようしげ》し

平成十六年　西村氏と十日間の中国旅行。成都へ行く。

西陵峡《せいりょうきょう》

江風《こうふう》は颯颯《さつさつ》として客衣《きゃくい》吹き
人家《じんか》落落《らくらく》たり　西陵《せいりょう》の涯《ほとり》
長江《ちょうこう》は溢《あふ》れ来《きた》る　澹烟《たんえん》の中《うち》
壑《たに》を廻《めぐ》りて　復《また》新なり萬重《ばんちょう》の山

平成十六年　西村氏と十日間の中国旅行。長江下りの船に乗る。

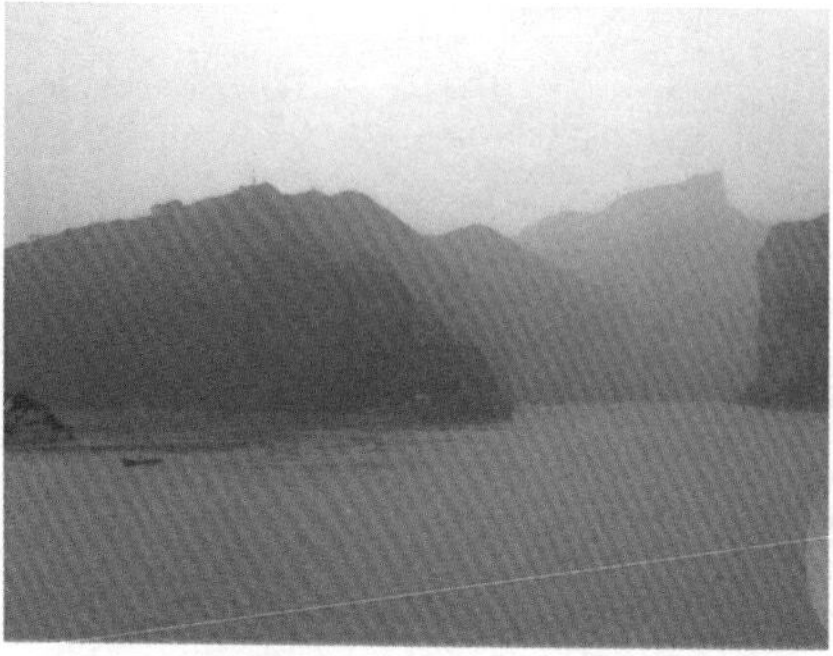

海

海　海は遠く
果てしない日々よ
流れ流れて　椰子の島
青い　空よ　雲よ

旅ゆけば
あつい　想い過ぎゆく
オールさばきの
声にさそわれて
飛沫《しぶき》のなか
あかね色した
あの娘の面影

おれの心のふるさとは
揺れる波の水しぶき
帰れ　かえれ
ふるさとへ

海　海
海は男のこころ・・
海　海
海は男のこころ・・

南国の夜

闇を照らす
炎の　舞に
赤く染まる　踊り子よ
愛を語るか

花の香り
そよ風　なびき
招く指の　踊り子よ
愛をささげて

珊瑚の砂の　遠く
岬の彼方へ　出でてゆく
帰れよ
帰る日を　夢見て
黒い瞳は　濡れる
月影の渚　南国の夜

白く光る
刃に　寄せる
燃える想い　踊り子よ
愛のときめき

帰れよ
帰る日を　夢見て
黒い瞳は　濡れる
月影の渚　南国の夜

平成十八年
斉藤一家とグアム島へ行く。

旅

日暮れの　小路
あの日　旅だち
あまい　花の香
なぜに　はや散った
川の　せせらぎ
二人では　たどれず
旅の　ゆくへは
今なお　あても知らず
流れ　流れる

おれの　たった一度の恋は
薪　薫ゆる
古き　軒端に
散って　飛んだ
ああ　あの日の
夢は　いずこに
きっと　おまえとゆく
山の　小路

二度と　かえらぬ
旅だちの　その日
旅の　ゆくへは
今もなお　あても知らずに
流れ　流れる
ああ　あの日の
夢は　いずこに
きっと　おまえとゆく
山の　小路

あじさい哀歌

雨の　そぼふる道
あの日は遠い　めぐり逢い
二人のこころの
灯りをともす
テイルランプの陰
夜霧に淡く　過ぎてゆく
闇をみつめた　瞳はぬれる

ちょうどあの頃も　あじさいを
見つめて　微笑み交わしたね
なぜ言えぬ　胸の火よ
懐かしこころの　思い出の歌
　あじさいの花は　お前の花だよ

青いしあわせ　やりたい
きれいに咲けよ　いつまでも
あなたに似た　夢の花
懐かしこころの　思い出の歌
　あじさいの花は　お前の花だよ

筑紫野

シャラシャラと　揺する
黄金の　麦穂
筑紫の野辺に　陽射し長く
まばらな人の　影を追う

流れ来る　野の水藻に
合鴨の　並びくる水辺
青色の　菖蒲の花弁は　揺れる
池を巡る　真昼時
しばし　石橋の欄に寄る

水を湛える　この田舎は移らず
人　遷ろえども　その心　変わらず
変わらぬがゆえに　時は移さず
人は　水と共に　この地に戻る
千金の刻　筑紫野

久留米市　文化センター。
中央の池はすばらしい眺めだ。

野道

あれは　稲穂だったか
黄金色の　夕陽の中を　走り迷う
遠く幼い　記憶の中

今日もまた　家を出る
犬を気づかう　団地の昼さがり
車道をよぎれば
黄金色の　穂波の野原と
ただ一筋の道
人里の声は　遠ざかる

歩いて　歩いて　歩き疲れ
野良の細道を　どこまでも
かげろうと
蛙と　いなごと　猫と
そしていつか　あの道に戻る
行き交う人を　失った寂寞の中
引き返す　すべもなくあえぐ

この道は
いつか老いて　夢でたどる道なのか
己れだけの　孤独の道なのか

道の果てを　求めても
遥か山すそ　民家は霞む
自らが選ぶ　脇道
黄金色に燃える　筑紫野の道

日輪のように

どこへゆく　雁の音よ
青空に　消えた
あわれ　悲しみに
揺れる　日輪の花

朝

耳の奥が　しーんとなく
何どきなのだ
暗がりで　耳をすます
何の音もない
何の音もないが
未だ夜更けなのか
耳の音だけが　大きく
まくらへ　しみ込む

たん車の音がなる
向こう隣の　ポストだ
四時前二十分だ
もう一度　たん車がうなれば
ここの郵便受けが　鳴り
むりやりに　新聞が落ちる

朝が来る
隣のむすこの　とらっくが
ずしんと道をゆらし　遠ざかる
朝が来る
暗いとんねる　ぬけるような
素晴しい　光の朝が来る
小鳥　ちくちくさえずる
なつかしい　朝だ

筑後川

壁天《へきてん》　緑江《りょくこう》開《ひら》く筑水《ちくすい》の頭《ほとり》
秋影《しゅうえい》　川面《かわも》に映《は》え銀鱗《ぎんりん》の如《ごと》し
君見ずや白鷺の群れたるを
瞬時の眺望《ちょうぼう》　これ人生一炊《いっすい》の夢

夜を走る

時折　閃き
過ぎ去る　あかり
闇を　引き裂き
暗い岬を　幾度か
まがり走る
何を　何処に
行き着く　当てもなく
行くことの　意味もなく
幾度　岬を越えても
また　変わりなく続く
由比ガ浜辺を
辿る　道路の暗がり
いつか　身体は
暗闇へと　落ちてゆく

あの日の夜

限りなく　深い闇
荘厳な響き
敬虔の　日々は帰らず
一番星も　夕暮れも
やがて　山の端から
夥しい　星の数もなく

大晦日に
消えたままの　銀河
暗くなり得ぬ　喧騒な夜空
モーゼの戒めになり
戻りなき影も　求め得ず
悔悟に怯え
街を彷徨《さまよ》う

朋友《ほうゆう》に寄《よ》す

夜来《やらい》の風雨愈《いよ》よ已《もっ》て厲《はげ》しく
眼下《がんか》狂濤《きょうとう》　亂石《らんせき》を打つ
霎霎《しょうしょう》たる風　輕衫《けいさん》を浸し
下りて漸《ようや》く見る荒徑《こうけい》窮《きわ》まる処
幽《ゆう》にして潯寰《じんかん》を隔《へだ》つ隠淪《いんりん》の洞《どう》なり
聞道《きくなら》く　一片《いっぺん》の心　銭《ぜに》を投じて語ると
帰るも得《え》ず思い紛々《ふんぷん》　鵜戸《うと》の祠《ほこら》
ただ君の浮生幸《ふしょうこう》ならんことを願う

二〇〇六・六・二（平成十八年）第八回六一会　宮崎　毎年、小中学の友人三十名との宮崎旅行。鵜戸神宮へ下る道は、雨の中だった。

油山覧古《あぶらやまらんこ》

青苔《せいたい》の石碑《せきひ》　落木《らくぼく》の中《うち》
籬落塵間《りらくじんかん》を隔《へだ》ち　入《いる》を鎖《とざ》す
万古《ばんこ》は埋《うも》る　空林《くうりん》の斜径《しゃけい》
油山麓《ふもと》を遶《めぐ》る　日暮《にっぽ》の秋

平成十八年
　学生時代の下宿先を思い、散歩していた油山へ行く。ここには古い歴史がある。

夢のふるさと

麦は一面　緑は萌え
紅の　れんげに埋まり
牛は寝そべる
花輪をかざし　たすきに背負い
春の香りの　あぜ道をゆく
あゝ　何もかも　貧しい日々に
暖かい陽だまり
もう一度　歩いてみたい
あの村の　小道を

柳はゆれて　水面にたわむ
よしの葉の　茂みの中に
川鵜浮く
手長えび取り　蟹を追う
男の肌に　汗はしたたる
あゝ　張りつめた　貧しい日々の
憩いのひと時
もう一度　行ってみたい
あの川の　岸辺へ

藁葺き家の　土かべ崩れ
紫の　煙はうすれ
軒を漂う
北の彼方の　背振の青も
堀を埋める　菱の浮き草
暑い夏の　野良を彩る
あゝ　音もなく　貧しい日々の
ひと吹きの　すず風
もう一度　眺めてみたい
あの村の景色を

はかなくて　愛しくて
遠く消え行く　夢のふるさと

北国雨情

ポプラ並木を　ゆく影烟り
あなたは　だまって消えてった
呼べば切ない　面影よ
日暮れ　別れの　北の街
・・・
蒼い湖　遥かにけむり
かわした日々の　幸せを
どこで想うか　雁の音よ
・・・
北の浜辺の　花に寄せ
この想いの　せつなさが
ピリカ木彫りの　姫人形

雨の湯の宿　静かに更けて
どこか似ている　壁人形
二度と戻らぬ　面影よ
夜更けの別れか　北の街
・・・
山の湖　そぞろ歩きに
かわした日々の　幸せを
明日も祈るよ　コタンの祭り
・・・
旅のつらさは　愛の痛みか
この想い出を　忘れよと
雨よどんと降れ　この胸に

お別れの日

雲の流れを　見つめてた
遠い瞳の　面影よ
アカシアの香の　初恋よ
友と語らん
明日のお別れ

元気でゆこうよ
二人の道

悲しみ溢れても
楽しい日々の
思い出すのだ　学びやの窓

春の小道を　歩いてた
細いうなじの　白い影
アカシアの香の　初恋よ
友と語らん
明日のお別れ

元気でゆこうよ
二人の道

由布旅情

そぞろあるきの　湯の街を
振り返り見る　石だたみ
一吹きの風　音もなく
揺《ゆ》れて解《ほど》けた　ほつれ毛に
紅いトンボの麗《うるわ》しさ
由布の湖畔は
日暮れ時

群青《ぐんじょう》色の　山の端《は》は
真鴨《まがも》の波紋《はもん》に　薄れゆく
どこか似ている　懐かしい
天つ乙女の　黒髪の
あわれ立たずむ陰ひとつ
由布の湖畔は
日暮れ時

平成十七年。第七回六一会。別府旅行。
帰路、由布に寄る。別途、作曲を行った。

霧島の夜

奥深く踏み入る　小道の果て
かの宿はなく
人稀《まれ》なるか　路あともなし
草生《む》す空き地に
濡れ敷きつめる　わくら葉
苔むす踏み石　朽ちた板橋
岩風呂の跡も　今はまぼろし

苔石《たいせき》踏みしめ　降り立つ岸辺
谷川の　せせらぎ
しばし　湯けむりに浸《ひた》る
乙女らの　声も宴《うたげ》も遥《はる》かなる
時の流れ　流れて止むなし
古《いにしえ》は　復《ま》た返らず
樹々の　ささやきを聴く
木漏《こも》れ月の陰　さやけく
霧島の夜　訪れる

霧島の林田温泉は中学卒業旅行の温泉だった。今は、当時の旅館は壊され、近くに大きな旅館が設置されている。古い旅館の敷地跡は、温泉などの残骸を残したままになっている。

露天風呂は車にて、少し川をさか上る。今も、川で湯あみが出来る。

水城の春の午睡

高床の　柱に凭れ
白髪の小鬢に　そよ風
心地よき　眠りを誘う
遠くかすむ
玄海の海原　船影なく
煌びやかな　百済の
往来は　途絶える
何時寄せるとも分らぬ
大国の船団に　怯えつつ
つかの間の　安らぎに
鶯の声

大野城下　城壁を下れば
水城土塁　若草萌え
御笠川　水鳥遊ぶ

夕闇迫れば　都の賑わいも
朱雀大路　行く人絶え
背振の森に消えゆく
今日もまた
観世音寺の　鐘の音

千年の昔も
これからの千年も
変り得ない　人々の歩み
果てない　不安と倦怠
僅かばかりの　慰みに
まどろみの日々

海外の民族から、攻め込まれる恐怖は、今も昔も変わらない。昔の人の築いた防塁を、何度も眺めていた。
　そこには、現実のドラマがあった。

懐かしの伊豆

大島の　彼方より出る陽
銀鱗に　海原は映え
朝立ちの　連絡船
影を映して　的の如し
陽は登れども
薄ら寒し　早春のそよぎ
寒桜の香　仄かに漂う

丘の茶店の　桜湯に
寄せ返す　潮騒の音
岩風呂に　人影なく
城ケ崎　磯侘し
うぐいすの声　未だ枯れ
波のしぶきを　足下に
三十余年を　一日と
押し寄せる　大海の
息づかい　果て無く響く

七つ釜の丘

若草の　海辺の丘は
陽は高く　うららうらと
横たわる　青穹《せいきゅう》の下《もと》

若草の　海辺の丘に
悠然と　鳶は舞い
人の群れ　遥かなり

若草の　海辺の丘の
足下に　秘める七釜
盤石《ばんせき》望めば　波瀾窮《はらんきわ》まりなし

若草の　海辺の丘へ
登り行きて　また下る
岸壁に聴く　咆哮《ほうこう》の声

苔むす路傍《ろぼう》　石磴《せきとう》の径《けい》も
小笹覆《おお》う　曲径《きょくけい》も
共に歩くは生《せい》　無情の遊《ゆう》なり

平成十九年
第九回　六一会。
唐津旅行。七つ釜
へ行く。岬へ数人
で行き、七つ釜の
上に立つ。

詩作に思う

詩を読んでいる内に、自分でも書いてみる気になったのは、若い頃のことだ。詩は心が動かなければ書けない。人生の多くの心の葛藤の中で、何か書かずにはいられず、記憶に留めたいことが、そうさせるのである。誰のためでもなく、自分のためなのである。

ただ若い頃は、その時々のことを、そのまま書くことが多い。しかし、この歳になって分るが、今書くのは、今眺めていること、見ていることが、過去のある場面に重なりあって見えるが故に、新たな情感になる。

今、多くの旅をし、自然に触れあい、人に接するのは、自分の過去を蘇えらせることではないか。詩でも歌でも曲でも、自分の人生の何処かに、僅かでも拘わり合った糸があり、埋もれてしまいそうな記憶を、救い上げてくれる。

詩は、書かれた作者の意図するところを、正確に把握すべきという解説もあるが、私は、自分の心で読める方が、はるかに大事ではないかと思う。うまく言い表せないが、創作を文学とみるか、文化とみるかの違いではないかと思っている。

天拝山に登る

新雨《しんう》の斜径《しゃけい》　木々は潤《うるお》い
木漏《こも》れ陽《び》の　明らかさ
苔石《たいせき》を踏み　踏みしめる

早咲きの菖蒲《しょうぶ》　背丈《せたけ》未だし
行き交う人　まばらに
伏し目がち　言葉を交わす

樹々の奥は　黯淡《あんたん》と
積もる墜葉《ついよう》　絮衾《じょきん》の如く
踏み行く影や　奥ゆかし

天拝の山　蕭条《しょうじょう》と
朽木の陰に　瑞々《みずみず》し
幽花《ゆうか》の乱れ　物かなし

遠い日の渚

そっと手渡す　缶ビール
影のむこうに
かしげた瞳が笑ってた
なにげなく会い　なにげなく去る
ぎこちない日々
ただ　それだけのことなのに
空よ　雲よ
あゝ　あのひとことが言えなくて

上る煙にむせびつつ
木切れを抱いて
二人掛けよと言った女
砂にまみれた　小麦の肌は
輝いていた
あなたの心がみえなくて
空よ　雲よ
あゝ　あのひとことが言えなくて

夏の終りの　渚は遠い
椰子の木陰も　汐の香も
淋しくて
恋しくて
空よ　雲よ
あゝ　あのひとことが言えなくて

青春時代の海は楽しい。多くの友人達と連れ立って海へ行く。だが、それぞれの思いは、また別にあることを思い知らされる。

堀の唄

一、裏手の堀ャ　よか堀ョ
夏は鮒釣り　うなぎはウケョ
夜さりは　かけ針　朝あげョ
コリャ　バサラカネ　バサラカヨ

二、姉さかぶりは　そろうたか
今日は菱取り　帰りは暮れョ
はんぎり回しャ　実のやまョ
コリャ　バサラカネ　バサラカヨ

三、脱穀《こんの》おわれば　堀干しするョ
泥かきあげりャ　田んぼは泥海《がた》ョ
堀のえものは　大物ョ
コリャ　バサラカネ　バサラカヨ

平成二十二年　第十二回　六一会
小中学時代の遊びを懐かしく、友人達に披露した歌である。

西公園

軽風　未だ冷やかなれど晴輝《せいき》あり
逍遥《しょうよう》　幾何《いくばく》ぞ　荒津の径《みち》
坐《そぞ》ろに看《み》る　野塘《やとう》の霊妃《れいき》
清顔《せいがん》　髣髴《ほうふつ》として　野興《やきょう》憐《あわ》れむ

天草苓北を行く

潮の香　漂い
潮風　体にはらみ
初夏の風に　浮れた水鳥
声は　水際の彼方へ去る
松の樹々は　姿未だし

苓北を　ゆく人々
まばらな　西の果て
天草の灘は　遙遙《ようよう》と
大海を望み　窮《きわ》まるところ
古人《いにしへ》の　懐い深し

我もまた　浜に立ち
滄海の西　望みたたずむ
晨夕《しんせき》　この地に留まれば
事事　昔の如く悠悠《ゆうゆう》と
心自ら閑《しずか》に
自然に返るを得ん

平成十九年　森山氏と天草旅行。中島敏子先生に会う。

雨情

雨は降る
冷たい風に吹かれて
雨は降る

石を打つ　雨音かぼそく
五浦の浜に
雨は降る

やるせない想いの
はま菊の葉をゆすり
雨は降る

たれ込めた
霧は勿来の丘を隠し
ふたたびの
訪れを偲ぶ　泣き砂浜
寄る波のしぶき
濡らす　巌肌

この雨よ　この時よ
いつまでも　何時までも
移らないでくれ

夜の柱時計

夜の静寂の中に
ポオンと
四十年あまりの　時を刻む
この時
何時か　はるかな昔
子供もいない
粗末な部屋の柱に
ポオンと
また一つ　半時の刻

今は昔
背中合わせの
音も　遠くへ
響かぬ世界へと
消えてゆく

神農渓《しんのうけい》

仰ぎ見る
懸崖の岸
紺碧の　空の下
訪れる　旅人はなく
櫓音　哀しく
川鳥は舞う

清くきらめく
せせらぎに
か細く消ゆる
乙女の舟歌
いつか　聴こえしか
竹田の里の　子守唄

遥かなる旅よ　壑《たに》よ
ここは神農渓

峨眉山月　李白

峨眉山月半輪秋
影入平羌江水流
夜發清溪向三峡
思君不見下渝州

平成十六年　西村氏と十日間の中国旅行。李白の故郷を訪ねて、川をさかのぼる。
急流のため、現地人が舟をロープで引く。

麦浪の里

目次

阿蘇の草原

草原の丘は
雨に濡れ
若葉の緑は
新しい　芽をたたえ
草原の丘は
そのまたむこうも
草原の山が連なり
高くなり　低くなり
それらしき　木々もなく
雨に煙った
緑の丘は続き
果てしなく
人もなく　家もなく
新緑が　風になびく
草原は　生まれてから
朽ち果てるまで
誰に　知られることもなし
時折訪れる　虫と鳥と
ほんの幾らかの　動物と
雨の日も　風の日も

静かに　葉をなびかせ
しっとりとした　雨に
玉の露を落とす
百年も　二百年も
いやもっと　遥かな昔
この大地が生まれた
その日から
時の移ろいのない世界となり
悠々の時間と空間が
どこまでも　どこまでも
広がる
緑の草原は
人々の営みをよそに
自然の中で
静かに　息をしている
雨は　心地よく降る
この　草原の上に

第十回　六一会。帰りのバスは雨の中だった。社内は静まり、疲れた同僚は眠っている。侘びしい想いがしていた。

九重大吊橋

眺望賒《はる》かなり　縹渺《ひょうびょう》たる九重
九天の風橋《ふうきょう》　窮谷《きゅうこく》の上
路人喧喧《けんけん》　緩緩《かんかん》として遅し
さも有なむ　斜風《しゃふう》起こりて　思う所手を継《つな》がしむ

平成二十年　第十回　六一会　九重

麦浪の里

赤提灯の　小さな酒場
千切れ暖簾　やせ格子
昼さがりの　路地
舗装は崩れ
土塀を過る　老女
干物の焼ける匂い
畜舎の　微かな騒ぎ

藁葺きの　住まいは一つ
木立の中　かけすの巣
夥しい　蔦の蔓延
麦の穂波は　焼け
揺れなびいて
遐か　山裾へ向かう
童ごころ　旅のとまどい

変わらぬ　昔の匂い
捨て切れぬ　思い出
今　まるで痴呆のように
自然の中に　埋もれる
遥か陶子に　心寄せ
さすらう日々の　やすらぎ

祇園の夜

格子戸の　居並ぶ小路
暮れなずみ
乙女の声　ここかしこ
弥生はおぼろ　桜花
ぼんぼり映える薄灯り

振袖の　残り香なびく
石畳
舞妓の足駄　はかどらず
通る花籠　密やかに
侘しい今宵の　祇園街

古《いにしえ》の　街は暮れゆき
振り返る
打ち鳴らされる　大太鼓
波の音にも　浮かれ得ず
やるせない夜の　一人旅

「清水へ祇園をよぎる桜月夜こよひ逢ふ人みなうつくしき」与謝野晶子の歌がある。これを確かめたくて、祇園へゆく。全てがゆったりした古式豊かな街だった。

ペットとの暮らし

花ちゃん　どこへ行ったの
早く　おうちへはいりなさい
若い声の　叫び
花ちゃん　最近越してきた猫
団地に　母親なぞ居ない
夕暮れの
家族を失った世代
社会に　埋もれ
社会から　脱皮できない
老年の　ささやかな習性
生きてゆく
高齢者の　ささやかな知恵
暮らしは失せ
話相手は　ペット
憐れな　動物

うらはらの世　次世代
伝えたい　思いもどかし

白い半紙に

白い半紙に
夢を　書きたいと
筆をとる
夢が　何か
わからない
白い半紙を
裏がえしにしても
戻らない

夢は　思わぬ時に
突然に　やってくる
現実に　引き戻す
焦点をむける
夢は　去ってゆく
心地よい爽やかさを
残して

みっともない

小学生の孫娘が
おじいちゃんがつまみぐいしてる
と妻にささやいている
テーブルの上に盛られた
みずみずしいたくあんのどんぶり
松の内の朝のひと時のこと
うまいと言う一言を飲み込んでしまう
みっともないねえ
祖母によく言われた言葉
ついぞ聞けなくなった言葉
みっともない　はずかしい
しょげてしまった自分が　そこにいた
親なのか　学校なのか
死語と思えた　言葉の存在をみる

老人二人だけの
しばりのない営みの中に
まだやれることがあったという
さわやかな　朝の空気を吸い込み
もう一度　大きな声で
このおいしそうないちごを
つまんで食べようと
言ってみる

わび住い

踏み石を
たわしで磨く音がする
訪れる人もない
大正生れの　老女の住い
子供の頃からの
汚れは　心の汚れと
磨くのは　ただひとり
生きていること
誰とも　会わず
三度の　つましい食事と
鉢植えの水遣り
静かな日課

そういう自分も
指先を　紫色に染め
庭の一本の
紫蘇の実を　しごく
香りだけの　一菜
祖母より受けついだ
生きる楽しみ

病床の母を思う

心静かなる能《あた》わず
坐《そぞろ》に弦替えばやと
白き弦の真新しきは
古きギターに馴染まず
故郷《ふるさと》の部屋にて
かき鳴らしつ
誇らしき音
再び鳴らさむとするに
音戻らず
弦さえうらめしき

風塵《ふうじん》に老ゆる
母の魂は天地の
いずこにありてか
田舎住まいに帰れしか
異郷の戚戚《せきせき》たる日々
かの日の回望《かいぼう》
思い亂るるギター

冷えた世界

目覚めて見る　一面の白い寒波
ひっそりと　冷たい霧　舞いあがる
それは　弱い太陽に煌《きらめ》き
次から次へと　真更の下地に
絵を描くように
田畑を　しっとりと濡らし始める

黄色く打ち萎《しお》れた　葱苗《ねぎなえ》の
衣は　裾に纏《まつ》わり
身を包むように　拉《ひし》がれている
ねぎも野菜も　あらゆる草も
今は　地上の酷寒に
全てを枯らし
耐え　そして　見えない地下で
密かに　根を伸ばす
地上の春の　訪れとともに
もっとしっかりと
太い葉を　伸ばすために

ほら　聞えるだろう
畦《あぜ》の隙間から　流れる音が
そのかすかな蠢《うごめ》きを
二羽の雀が　降りてきた
もうすぐだよと　言っている

基肄《きい》城址

碧天《へきてん》は渺茫《びょうぼう》にして西風来《せいふうきた》る
草中《そうちゅう》に頽砌《たいせつ》を目《もく》す基肄《きい》城址
賖《はる》か雲間《うんかん》に新羅《しらぎ》を望めば
荏苒《じんぜん》として縦遊《しょうゆう》す行処《こうしょ》太古の径《みち》

ある朝

その朝　停車場には見えない
その人が　やってくる時刻
何となく挨拶し　お話をし
日課となる
体が悪いのでもなく
時間も変わらない

その日から
全てがぎこちなく
白い線ができた
越えてならない　線なのか
越える勇気の　線なのか
何かが動きはじめた

あこがれの霞の中
認識という現実へ変わる

朝起きたとき
冷たい空気が
秋と　はっきりと告げた
それは　変わったことでない
突然の誘い

高良山

祠《ほこら》の傍らに秋の気配はあれど
夏の名残を惜しむ
かぼそき桜は狂い咲き
その人の訪れを待つ
気品高き由緒の山なれば
惜しみつつ下る　黄昏

古希の年明け

寒更凄《かんこうせい》たり　除夜の鐘声
竟《つい》に来る　古來希《まれ》なるの歳
神殿《しんでん》を凝らす　天神の鬼火《きび》
升酒《しょうしゅ》を奉《ほう》じて歸《き》す　七星《しちせい》の下《もと》

ぬけがら

蝉のぬけがらか
それでも輝く
すでに　蝉は鳴きつくしている
あれは生きがいだった
ぬけがらは　ぬけがらだから
すぐにも捨てられてしまう

おまえは
心だというが
そんなことは　知るよしもない
人里のかげで　誰にも知られず
草深い自然のなかで
生きた証はあっても

それが
どんなに　すばらしいことであっても
どんなに　光り輝くものであっても
解せはしない
人は人
蝉は蝉
蝉の人生なのだ

逢いたい

一羽の鷺が
ずっと立って　待っている
赤い夕焼けの中で
待っている
うなだれて
干からびた　水面をみつめてる
土手の菜っ葉は
寒いと言って
誰も居ない
北風の中
西の空の向こうを
待っている
暗い闇が　もうそこにあり
帰れないというのに

霧島みれん

遅い春の　陽《ひ》だまりに
あなたの肩が　ゆれていた
おぼろな影の　やさしさに
旅のこころの　迷い道

好きよ　好きだよ　初めから
韓国岳《からくにだけ》の　山陰に
咲く花に似た　可憐《かれん》花
うしろ髪ひく霧島の
ああ・・　霧島の街《まち》

湯の香侘《わび》しい　古宿《ふるやど》の
あかり乏しく　映《うつ》す影
なぜか言えない　いたわりに
涙漣々《れんれん》　背が悲し

好きよ　好きだよ　初めから
今宵一夜の　思い出に
髪の一枝《ひとえ》の　未練《みれん》花
離したくない霧島の
ああ・・　霧島の夜

好きよ　好きだよ　初めから
旅の夜更けの　契《ちぎ》りとて
追えばどうなる　未練花
離れ離れの霧島の
ああ・・　霧島の夜

霧島、林田温泉にて。

基肄《きい》の丘

この丘には　どれだけの人が
登ったのか
この丘の体内は　海綿のように
時代を　飲み込んでいる
幾つかの　埋もれかけの岩肌
時の様子を　うかがう
古への　神功皇后の世
中世の戦乱
すり鉢山の　土と化し
草は　何事もなく
その上で　蔓延る
この丘が　記憶の集積ならば
四十年余りの前の　私の訪れは
何処にある
今　処々に集う童らの
再び訪れる　数十年の未来に
何を　与えてくれるか

午後のひととき

眼と口を　薄くひらき
天井の一角を見ている
ベッドの母
その先には
大工の足跡と言った
褐色の　数点のシミ
眼は　シミを追ってはいない
その無為な眼差しは　空間にある
百年近くの　世俗の塵を
忘れた薄笑いで
生まれたての　無垢な赤子が
時折見せる　あの笑顔のように

看護士「お薬ですよ」と
ベッドが上る。
「ご飯？」と間のびした応答
昼食は取ったばかりというように

母の世界は　刹那の中
デジタル画像のように
場面は変わる。
現実と夢が　空間をさまよい
自由に往来する

この一つの貝のかけら

この一つの　貝のかけらの中に
無限の空と時間がある

この一つの　貝のかけらは
どこにでもある　砂つぶの一つに
違いはないが
この貝のかけらが　生まれた時は
いつの時代であったか
武将の駆ける世であったか
旅の歌人　詩人の訪れの時か
いやずっと昔の
人も居ない太古か

この一つの　貝のかけらは
天草灘の　遥かな霞と空の下で
誰と会うこともなく
虹色の光を放ち
悠悠の時を
ゆっくりと　すごして行く

この一つの　貝のかけらは
貝は貝としての　心をもっている
この一つの　貝のかけらに
己の心を添えて
この浜の汀に
そっと置く

麥浪

晴れ渡る空　初夏の好風《こうふう》
碧《みどり》遥《はる》かなる堤塘《だいとう》の頭《ほとり》
杳茫《ようぼう》たる黄金《こがね》の麥浪《ばくろう》は叢《むら》がりて
将に大波の層畳《そうじょう》せる如きを看《み》る

天草

幾たびの　訪れか
ここは美し
美しけれど　寂し
島嶼《とうしょ》の影
杳茫《ようぼう》たる　蒼海《そうかい》に群れ　屹立《きつりつ》す
繁華《はんか》なる時も過ぎ
今は　静かなる　水を湛《たた》える
深けれども　澹白《たんぱく》に
大いなれど　抑遜《よくそん》するが如く
島嶼《とうしょ》は泛《うか》ぶ
藍碧《らんぺき》の果《は》て
山々は　烟霧《えんむ》の裏《うち》に隠れ
夕されば　人影《じんえい》なく
釣舟《ちょうしゅう》の影　夕もやに沈む
寡黙《かもく》とも言うべきか
人が自然に還《かえ》る時

平成二十一年　第十一回　六一会　天草

軍刀

刀の束の中から
残った　一振りの軍刀
固く結び
褪せてしまった
腰紐を解きほぐす
鞘を払えば
きしんで落ちる　錆粉

もういいだろう
天寿を迎える母も
古希を過ぎる私も
かたくなに過ごした
錆び付いた心
どんな世間にも　馴染まず
ただ　ひたすら
軍刀のような　意地

木刀を交わした父
それが消える

出征した父親の遺産として、戦後の武器徴収から隠し持つ刀剣の束があった。これらの刀剣は、その後、収集家へ商品として売り、生きるための食費となった。その中で、売れない一刀が残っていた。刀剣所持は、登録が必要だが、その手続きはしないから、隠し持っていた。

きじ猫

きじ猫が
大きく眼を見開いた

ちょう・・ちょう・・
だしじゃこの味噌汁に
めしつぶの浮いた椀
床下を覗く
祖母の丸い背
あれは
母の陣羽織だったか

遊水地のかどで
きじ猫は眼を細めた

どこかで烏の声
肌寒い秋日より

ピアノ

用済みの　古いピアノは
目立たなく　収まっている
見向きもされない
わずらわしさもない
ただ　そこにあるだけ
用済みの　古いピアノは
三十余年の前
激しい音色を　奏でてた
その人々は　もう居ない
役立たずの　日々に耐え
調律も　何時の時代であったか
それでも
孫娘は　何故か涙を流した
ピアノには　命がある
用済みの　古いピアノは
売られてゆく

どこかの世界で　再び
生き生きと　音を響かせる
だが
役に立たないものが
全て無くなる　空間は
空しく　どこか寂しい

シャボン玉の世界

大きなシャボン玉が
浮んでいる
大きすぎてゆらゆらと
ひずんでいる
玉の中の世界が
争っている
どんなにもがいても
玉の中は　玉の中
どんなに美しい　神も仏も
所詮は球面に映された
絵空事
はじけてしまった時代
何が生まれるのか

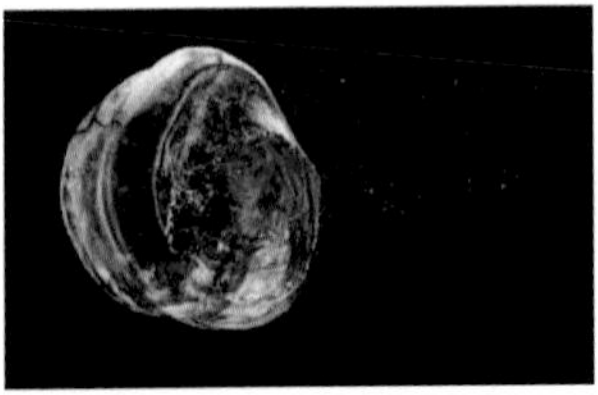

霧の中

山あいから　霧は流れ
木々を包み　霧は流れ
路傍《ろぼう》の石も　花も
隈《くま》なく　世塵《せじん》を流す
時を尽くした　己《おのれ》の性《さが》も
人々の心も　洗うがごとく
霧は流れる
薄暗がりに　肌《はだ》を射《い》る霊気《れいき》
穏やかなれと　戒《いまし》めた
峨眉山《がびさん》の　浄界のごとく
霧島の山々も
古世《いにしえ》の神々《かみがみ》の　神秘《しんぴ》を湛《たた》え
担《かつ》ぎ来《きた》る　煩悩《ぼんのう》は終《お》わりだと
しばし誘《いざな》わる　霧の中
下界に見《まみ》える心
なお抱《いだ》きつつ

夏の孤独

赤く咲き乱れる
ペチュニアの　辻をよぎれば
線香の香が漂う
人を見かけぬ　午後
太陽の光が
路面を焼く
静まる露地は
耳鳴りが　いよよ激しく
かしましい　蝉の夏が
よみがえる
あの夏は
どこに消えたか
蝉を聞けぬ夏は
夏とは言えぬ

住まいの孤独を
無為に
季節の過ぎるを待つ
時折の　蛙の鳴く声も短かに
静寂を読めば
寝苦しい　夜がくる

あか茶けの通知表

あか茶けの
中学校の　通知表
いまにも　崩れそうな
ほやほやの紙片
消えかけたペン字の
にじむ青
本箱の片隅に
何十年もの間
失ってしまったはずの
通知表
母のこころが
しまわれていた

その母は　いま
病院のベッドで
死線をさまよう
時折　出てくる言葉は
ずっと昔の　幼き日々

或る終業式の午後
通知表を片手に
路地をよぎる
すっと開いた　校舎の窓
どうだった　と
白い布を身につけた
給食婦の顔
待ちかねた母の声
通知表を手に
ほほえみが 見えた

私は　友人の背を追い
思い切り駆けていた
午後の明るい　太陽の下に

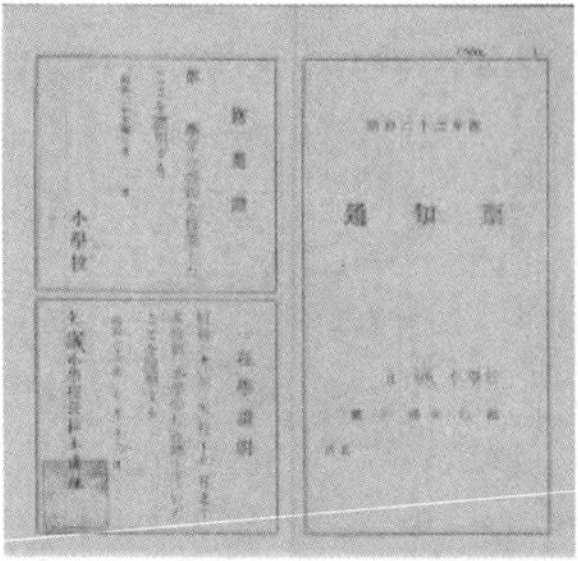

諫早干拓堰《いさはやかんたくせき》

沼沼《ちょうちょう》たる陂塘《ひとう》　清濁《せいだく》を分《わ》かつ
蕭索《しょうさく》たり　石磊磊《せきらいらい》の素瀬《そせ》
江滸《こうこ》の宿鷺《しゅくろ》　聚《あつ》まらず佇立《ちょりつ》す
何れの処にか　蘆中《ろちゅう》の庵《あん》を得ん

平成二十一年　第十一回　六一会　天草

田中とし子先生に再会

来《きた》り観《み》ん容輝《ようき》　未《いま》だ灰《おとろ》えず
情敬燦燦《じょうけいさんさん》　歓会《かんかい》の宴《えん》
天草の海隅《かいぐう》　六十年
未《いま》だ時は遷《うつ》らず　故園《こえん》の情《じょう》

平成二十一年　第十一回　六一会　天草

静かなる界《よ》
寒月《かんげつ》　南窓《なんそう》を照らし
沈沈《しんしん》たり　夜三更《よるさんこう》
遐《はる》か塵界《じんかい》の営《えい》を耳に
浩氣《こうき》　暁天《ぎょうてん》を夢む

環境破壊

まっ黄色の皮を　一面に落とし
呆然と立っている　みかんの木
木が育った　何年もの間
見たことない展開
昨日は
秋空の　紺碧の中
朱玉を散りばめた柿の実
枝のみを残し　失せた
喧騒と饗宴の鳥たちの
宴の後
在住の　小鳥は
残飯をあさる　被害者
やがてくる　厳冬
植物を　愛でることを忘れた
動物至上の　愚かなる集団
今は
静寂の中　吹きすさぶ声のみ

心の旅

旅をしていた
ひとり旅を　していた
黒い泥のあぜ道
蛙や蛇を踏み
無心に歩き
田の面の草にむせる
堀の　めぐる
水と藻の中
旅は
誰にも気付かれず
どこまでも
どこまでも　続く
止むことのない
それが生きることだから

雪の朝

雪の朝
新たな造形を見る
雪は　一様に
見え過ぎたものを
覆い隠し
造形の　姿を
造形の　美しさを
世に
はっきりしめす
雪の朝は
何なのか

四十九日の後《のち》

夜来《やらい》の寒風《かんぷう》戸牖《こゆう》を叩く
悵望《ちょうぼう》一変す空如《くうじょ》の界《よ》
如何《いか》にせん寄るべ無き碧玉《へきぎょく》の環《かん》
獨り寂々《せきせき》として立つ疎籬《そり》の邊《ほとり》

犬吠崎にて

漠々《ばくばく》たる烟霧《えんむ》　東海《とうかい》の濱《ひん》
壮子《そうし》魄《はく》無《な》く吠聲《ほうせい》喧《かまびす》し
何《なに》にか怙《よ》らん崩浪《ほうろう》の鴎鳥《おうちょう》
獨《ひと》り憂《うれ》う太平《たいへい》未《いま》だ醒《さ》ざるを

秋

公園の片隅で
ブランコが鳴いた

ひとりでいいんだと

削げ落ちた
さるすべりの幹に
潮のかおりがした

遐か遠く
風は　過ぎてゆく

どんなに良いと思っても、
ただそれが、嫌いだという。
四面楚歌の過去もあった。

浜辺

さんごの白い砂浜は
青い海の彼方まで
さんごの白い砂浜は
いざよう波に泣いている
さんごの白い砂浜は
お骨のふれあう音がする
さんごの白い砂浜は
はまゆうの芽に覆われる
人影もない島のはて

沖縄からずっと南、石垣島の近くの竹富島の海辺は淋しい。人影はなく、孤島に置き去りにされたような感覚になる。南方で戦った軍人の哀れさがよみがえる。

小さなシミ

薄暗い　スナック
十数年　経ても
映えた　白のブレザー
広い　殺風景な
カウンター
かつての　こじんまりした
馴染みではないが

誰も知らない
左の肘の　小さなシミ
幾度もの洗濯に
取り残されたシミ
古く残された証
冷ややかな
一人住まいの部屋から
飲み疲れた　日々の痕跡

おもむろに　また
初老の胸を張り
袖を通す
おもはゆい　昼のスナック

晩春

春の棚田《たなだ》に　雨は降る
うら寂《さび》しい　山あいの
水面《みずも》映《うつ》して　雨は降る
うぐいす色の　山陰《やまかげ》の
小道にたたずむ　村娘
白いうなじが　眼にいたい

奏《かな》でる響《ひび》き　ヴィオロンは
過ぎた日々を　想《おも》うてか
去りゆく人を　偲《しの》んでか
遠くかぼそく　消えてゆく
春の終わりは　風寒く
棚田《たなだ》侘《わび》しく　雨は降る

餓鬼

生まれたての　赤子は
何も持たない
人は生涯　社会の物を
餓鬼のように　食い続ける
食うを　止めれば
人でなくなる
人により
食うものや　量は違う
ただもう　ひたすらに
食うしかない
マラソンのように　競う
マラソンには　ゴールあり
とにかく　先は見える
人の生涯は　目安がない
ゴールのテープは
各々の　心の中

天は　社会の物に
好ましいものの裏に
必ず　そっと
好ましくないものを　潜ませる
美味しい果物に　種を
美しい薔薇に　棘を
人は　それを　食い
食うを恐れ　様々
食べかたに　工夫せず
体に　好ましくない滓《おり》を溜《た》める
目安は　心
知らぬ間に　膨大となり
周りや　子孫が
巻き込む
人は　本当に仕方のない
餓鬼なのです

赤頭巾

行きずりの　乳母車《うばぐるま》
毛布に　くるまった
大きな口と　光る眼
あれは、
赤子を食べた　犬か
車を押す　頭巾《ずきん》姿は
尾が　隠れているのか

人と獣《じゅう》が　交錯《こうさく》し
騙《だま》されないぞと
目を凝《こ》らす
何時の世か
人間は　獣《じゅう》と同居し　嵌合《かんごう》し
家の主《あるじ》が　交錯《こうさく》し
声ならぬ声　騒然

磯へ

夕風渡り
渚ゆれる
潮の香なびき
空の青
海の青
移ろう島の影
波打寄せて
さざめきの
砂は枕辺
城ヶ島の
磯ゆかし

祭太鼓

祭太鼓に誘われて
祭太鼓の夢の中
祭太鼓と笛の音に
祭太鼓は舞い上がる

祭太鼓のふるさとは
祭太鼓と人おどり
祭太鼓に浮かれつつ
祭太鼓の波まくら

祭太鼓は耳の中
祭太鼓がしみわたる
祭太鼓の賑わいも
やがて切ない流し唄

子供時代に過ごした環境や
友人達へ。

平成二十二年　第十二回　六一会　霧島

逡巡

過去は過去だと言い
脱落と倦怠と
底知れぬ　羞恥と寂寞
渦巻くような　一年余
変化を求める
寄る辺ない心

その人に会って欲しい
人の
不意の訪れ
まるで　子供のように
頑《かたく》なに奏でる絃
仄かに香る
郷愁と逡巡
届くだろうか
遠ざかる足音
梅の花散る

学生時代の青年期は、理屈ではない慕情も生まれる。そしてそれは、あこがれでもろい。体のどこかに芽生える青春を、他人は面白くて興味本位で世話をやく。そして、多くは何事もなく過ぎてゆく。

港の丘

誘《いざな》い来《きた》る丘
何処《いずこ》より流れ来《きた》る
懐《ゆか》しき調《しら》べは
白き板戸の　内ならん
槍列《そうれつ》の　青銅垣《フェンス》に倚《よ》れば
幼子は　駆け上《のぼ》る石畳
乙女は　下る石垣の径《みち》
港の丘の　晷《ひあし》短く
行きゆきて　他心《たしん》なし
外人墓地の　色付きたる
木立ちの間に
遥《はる》か見下ろせる　海の
蒼《あお》く霞《かす》む彼方に　雲ひとつ
キャンバスを持つ
初老《おい》の　時間《とき》は悠悠《ゆうゆう》
百花《ひゃっか》の夢を描《か》き
世は　寂寞《せきばく》の中《うち》に流る

そっと風

あの時別れて　早二年
思いがけずに　会ったのは
乗った電車の　乗車口
下したての　学生服の
首と肩が　狭くって
とり止めもない
言葉ばかりが　もどかしい
なんの気もなく　あなたが書いた
細い指の　へのへの文字の
大きな目から　垂れていた
光る雫が
涙の露に　見えていた
それから先は
何も語らず
いつかドアの　隙間から
そっと　そっと
そっと春の風

過ぎたひと時　懐かしく
半年あまりで　会ったのは
緑深まる　山の道
勇んで荷物　背負ったが
かげろう燃える　坂道を
強がりながら
言葉もいつか　途切れがち
なんの為に　あなたを呼んだ
山のいただき　霞んで見えず
笑っているか　山かけす
あなたの影が
遠くなるよに　見えていた
それから先は
ただ黙々と
午後の暑《ひあし》の　谷間から
そっと　そっと
そっと秋の風

小川潮君を悼《いた》む

大雪《だいせつ》入り九日の朝《あした》、小川君の訃報《ふほう》を聞く。我が胸、応《まさ》に驚天動地《きょうてんどうち》、遥《はる》か西方故郷《せいほうこきょう》へ向い、唯々頭《ただただこうべ》を垂《た》るのみ。翌《よく》十日、偶々約《たまたまやく》ありて御流風《ゴルフ》へ行く。西暉《せいき》に堪《たえ》ず心緒乱《しんちょみだ》るるか、近来希《まれ》なる拙劣《せつれつ》に喘《あえ》ぐ。十一日、独《ひと》り幽寂《ゆうじゃく》。

寒風来《かんぷうきた》りて　君は九原《きゅうげん》へ逝《ゆ》く
仰天《ぎょうてん》す　朋友歓会《ほうゆうかんかい》の宴《えん》
七十年は一夢《いちぼう》の中《うち》と雖《いえど》も
六一会《ろくいちかい》　是《こ》れ君の残せる宝なり

共生極楽成佛道《ぐしょうごくらくじょうぶつどう》
南無阿弥陀仏十念《なむあみだぶつじゅうねん》

平成二十二年十二月十一日　　片山　正昭

自然

自然とは　なんだろう
あなたの自然は　なんだろう
人々の　自然はなんだろう

塵事《じんじ》の群を　去る時
敗者のように
倦《う》み 疎《うと》まれ　憐れみの中
郷愁を求め　彷徨《さまよ》う
自然への愛しみを
置き去りにした日
子供の自然は　過去になる
天は変わらずとも

夜更けの　障子の
薄明《うすあか》い　月光《ひかり》の中で
鼓膜が破れたような　静寂
その中に　浮く身は
自然への情を追う

ご飯カラス

ご飯カラスが鳴いている
ご飯・ご飯・と鳴いている

生まれた村の故郷へ
ご飯カラスは戻ってた

長い尾羽《おばね》を上に下に
仲間を呼んで鳴いている

寒い北風吹いてきて
ご飯はないかと鳴いている

ご飯・ご飯・ともう二年
ご飯カラスは鳴き続け

尾羽も何時か枯れてきた
荒れ野は未《いま》だ荒れたまま

老人の孤独

老人　一（倉松川）
行人《こうじん》を背に　水面《みずも》を見《み》
訪れし鴨《かも》や　鷺《さぎ》を眺《なが》む
土手の上　終日《ひねもす》動かぬ　影ひとつ
臭気漂《ただよ》うも　ありし日の清流
今蘇《よみがえ》りし　幻の中《うち》

老人　二（上高野）
調度品に　埋もれし住処《すみか》
所在なし　猫背の野良着
小細工の　鋸《のこ》と鎚《つち》を持ち歩く
何処《いずこ》にもありし　戦後の風情《ふぜい》
今も昔の　影を追う

老人　三（一之宮）

墓所の小径《こみち》の　隈《くま》を過《よぎ》れば
南窓《なんそう》に　ヴィオロン響く
昭和一桁の　旋律に
黄昏《たそがれ》の　ひと時移り
独り哀調に　夢《ゆめ》む

老人　四（馬入川）

竹竿《たけさお》に　古びたるバケツ
足引きずりたり　草の径《みち》
濁《にご》りたる　浅瀬《あさせ》の淵《ふち》に
糸垂《た》るるは　もどかし
人影なき　せせらぎの音

小倉

一片の黄落《こうらく》　碧天《へきてん》の中《うち》
顧《こ》歩《ほ》せる人皆《みな》　華髪《かはつ》たり
誰か知らん栄辱《えいじょく》一炊《いっすい》の夢
小倉城辺《へん》　轉《うた》た凄然《せいぜん》

天與の日々

目次

権現堂桜

長程《ちょうてい》の桜白《おうはく》　青天の下《もと》
広面《こうめん》の菜黄《さいこう》　堰堤《えんてい》の邊《ほとり》
小禽《しょうきん》は群れる　樹林《じゅりん》の中
大衆は連なる　畦径《けいけい》の上
路傍《ろぼう》の行人《こうじん》　思わず足を止め
驚嘆す　旌旗《せいき》と花宴の多きを
君若《も》し桜花《おうか》の　秀麗《しゅうれい》を愛《め》でんとせば
西北風に向いて　山寺《さんじ》を求めよ

田舎の夜

テンテンツク　テンツク
指が　やかんをたたいている

帰らっさん　帰らっさん
次の電車やろか

火鉢の炭の　ほの赤さが
樹木のような　手を染める

孫娘を待つ　老婆の
無為の　住まいの中

やかんが　侘しく鳴る

まどろみ

硝子越しに　冬のひざしの中
電動椅子に　揺られていた

お父さんは好き勝手
だと母が言う
女は判断が遅く
何時も一周遅れるから
だと私

それは　男の勝手だと
姉妹の　女共など大勢
何故か娘も　居た

気がつけば　皺だらけの
江馬細紅の
漢詩の頁があった

遅過ぎて

煙草の煙る
薄明りの　スナック
人ごみに踊る　サックスの響きも
何処か遠い国の
映画の一こまと　いぶかしく
埃の中に臥す
夜汽車の　軋みに
眠れぬ夜
遠い日々の　流離
そこに居た人が
そこに居るという　不思議さ
歴史の
頁をめくるような
突然の便り
戻れない　時の隔たり
遅過ぎて
振り返れなくなった　道

異国の黄昏

夕陽が　燃えている
デニソンの丘へ
登る人の群れは
ワインレッドに染まる　象牙の塔の
黒い口へ　吸い込まれ
カランカランと　響く鐘
腕時計への　眼差しは赤く
平原の　この果てしなさが
もどかしく　薄暗がりに沈む

昭和四十四年　二十九歳の時、初めての
米国出張。オハイオ州のグランビルには
オーエンスコーニングの研究所がある。
そこは大学もあり、学生が多い。

外夷《がいい》に懐《おも》う

夜来の風雪　北窓《ほくそう》を揺《ゆ》らし
寒《かん》気《き》凛冽《りんれつ》　枕頭《ちんとう》を涵《ひた》す
長生六循《ちょうせいろくじゅん》　塵外《じんがい》と雖《いえど》も
猶《なお》余《あま》りて憶《おも》い憂《うれ》う　国患《こくかん》の理《り》

白蓮哀詩

綺麗な着物　住まいも
所詮は　緋房の籠
白蓮は　寂し
そう　赤い花
それだけでいい
燃えるような　赤い花
それは心　それは愛
どこまでも　追いかけ
そしていつかは　影の中
残されては　空蝉
もう　道はない

平成二十三年　第十三回　六一会　志賀島

・誰か似る鳴けよ唱へとあやさるる
　緋房の籠の美しき鳥
・秘めにひめし此くるしびよ女なほ
　恋ならなくに死なんとぞ思ふ
　白蓮

歌人白蓮に触れる、
感動に出会う展示館
歌人白蓮想

生きている

動けるのか
大寒の日々に
黄変し　衰えた体は
蘭の葉っぱに沿い
頭を下げ
掴んだ足は微かに震え
場違いの鳴き声も
声にはならず
聴く者　居るはずもない
因果な習性
庭の鉢と共に　取り込まれ
仲間も居ない世に
取り残され　長生きする
キリギリス

遥かに進歩した　世界
侘しいかな
悲しいかな
生かされてしまった　人生
死ねなくなった　生命

人吉の里

人吉城辺《じょうへん》　球磨《くま》川を望めば
葦《あし》の葉陰《はかげ》に　水鳥遊ぶ
水無月《みなつき》の空に響くは
せせらぎの音《おと》のみ
憩《いこ》う人見ゆる木陰
時は　悠悠《ゆうゆう》と鳴る
六十年余　隔世《かくせい》の午餐《ごさん》
幼き日々の　桜堤《さくらづつみ》の裡《うち》
自然の営《いとなみ》は　一睡《いっすい》
それは今　此《ここ》に

平成二十三年　人吉へ行く。
自然のすばらしい眺め。

西南の役

鬱々《うつうつ》たる荒径《こうけい》　万重《ばんちょう》の山

朝《あした》に発《はっ》す　勇憤憂国《ゆうふんゆうこく》の途《と》

山川《さんせん》の閑郷《かんきょう》　何ぞ足《た》らざる

壮士《そうし》　空《むな》しく帰る　五木路《いつきじ》

平成二十三年。　熊本県五木の里は、自然の中にある。侘びしい五木の子守唄、西郷の退却の歴史が、今も潜んでいる。

在《あり》し日の志賀島

中道《なかみち》の　熱《あつ》き白砂《はくさ》
水浴《すいよく》の　乙女等の嬌声《きょうせい》は
坐《そぞ》ろに眩《まば》ゆし
引潮の　浪《なみ》に身を任《まか》せ
独《ひと》り　岩頭《がんとう》に立つ
紺碧《こんぺき》の　海の果て
真白き　火雲一片《かうんいっぺん》
見返る　遠き渚《なぎさ》は
放《はな》ち置きし　同遊《どうゆう》の群《むれ》
誰か知る　倦《う》みし心
嗟《ああ》　遥《はる》か松の彼方《かなた》は
吾が幼き日々の
乳母《うば》の　故郷《ふるさと》なりき

平成二十三年　第十三回　六一会　志賀島

葦葉《よしは》の草笛

ため息が　すっと抜ける中に
数十年の　老いをみる
葦葉《よしは》の緑は　ひ弱だが
まさしく　葦《よし》かと訝《いぶか》る

夏の暑い日の午後

質素な時代

同じものでなければと
夢遊病者になる
でも
本当は　何もなくていい
わずかな土地に
芋と玉ねぎを植え
鶏に餌をやり
晴れた日は　一日中
川で魚を獲り
鳥を捕える
暑ければ裸
寒ければ　綿入りを重ね
それだけでいい
生きられる
長い寿命に
何の意味がある

光の中

万華鏡の中に　居るように
ふわふわと
夕焼け空に　黒い筋雲
生まれたての　グッピーが
泳いでいる
視界は　砂漠の砂嵐
目を　見開いても
見えるは　影ばかり
画像の　集積の
閃光が走る
偉大なる　光の因果

空虚の夏

ジジ　ジジジと油蟬が鳴く
地面いっぱいに　吸い込んだ
雨水の　もや　立ち上る
夕刊を　配る単車
遠ざかり
全ての　音の空白
焼け付く　照り返しの中
人が　晩年を過ごす
無意味な時間
…をまざまざと現し
お前は　何をするのか
お前は　何がしたいのかと
じっと見つめている　宇宙
それに　追いかけられ
ふらふらと歩く
人跡を　追い求め

所懐《しょかい》

朔風飄飄《さくふうひょうひょう》　歳暮《せいぼ》を識《し》る
南窓《なんそう》の吊柿《ちょうし》　既《すで》に老皺《ろうしゅう》
災禍《さいか》は悉《ことごと》く基構《きこう》を砕《くだ》き
人為《じんい》　互《たが》いに国家《こっか》を侵《おか》す
塵閒喧々《じんかんけんけん》　譲《ゆず》るを知《し》らず
賢者去《けんじゃさ》り　智者唖《ちしゃあ》と為《な》る
焉《いずく》んぞ寄款《きかん》せん　幽貞《ゆうてい》の心《こころ》
空《むな》しく流《なが》る　蒼天一片《そうてんいっぺん》の雲《くも》

焼き肉

肉牛には　なりたくない
あれは　病気だ
生まれた時　已に
牛とは名ばかりの
食材だ
天然を　冒涜する所業

いやだと言わないか
牛の人生を

雀の子

自然の恵みは
何処にでもあります
気が付かないところに
よく目を見開いて
草の実を　拾いましょう
皆と仲良く
欲張りは　止めましょう
誰かは　周りをしっかりと
見ていなければなりません
皆が楽しくても
はしゃぎ過ぎは　禁物です
特に
初めての　経験や試みは
果敢に取り組む

結構なことですが
しっかり　頭を働かせることです
徒党を　組んではいけません
蝉を襲うなど
心が　廃れるではありませんか
真似することはないのです

雨

雨粒が　地面を叩く
我慢の糸が　切れたように
地面を叩く
朝夕の　わずかな散水で
それなりの姿を留めた　草花
渇き尽くした　地面
褐色に閉塞した世界が
最後の噴煙をあげ
何もかも失せ
壊されてゆく
ふわついた塵
変わることは
制覇されることの証
心がすく思いだ
何時かはと　思いはしたが
それは突然だ
大いなるもののそれだ

ある夏の夜

夜　蝉が鳴いた
ほんの二三度限り
震える声で　鳴いた
世の不合理な
巡り合わせを
嘆き　屈して　鳴いた
そしてまた
静かな夜は　来た

暗雲来る

かみなり雲が
迫り来る
足早に　迫り来る
山を越え
山あいの
この草原に　向かって
天心を　分断し
やって来る

急げ　走れ
とてつもない　禍《わざわい》
破壊と絶望の　予兆
かみなり雲は
全てを覆い隠し
迫り来る

錯覚

老人が　山に捨てられた時代は
そう古くはありません
笑ってはいけません
それは　今も昔も変わりません
本当に

老人が　生き長らえることは
若い世代に　重い負担をかけるのです
老人は金持ちです
でもそれは
かつて　発展途上時代に頂いた
お情けでした
今の途上国のように

世代の　違いの中に生まれた
富の偏在
高度成長を　支えたなどと
胸を張るものでなく
次世代の富を
食っているだけなのです

出会いの後

鈍い音を残し
石ころは
キャンパスの
路傍へ消えた
顔を上げてはならない
上げれば　全てが無為になる
ビルの窓辺の
その人のシルエットを
描いていた

出会いはもっと　あこがれ

踏み出した　ドアの隙間から
その声が洩れた
静かに　静かに
壁にもたれる

何かが　ありきたりの姿に
背を向けていた
煙草の煙が　その人の前を流れ
長い間の中に
ダンスを教えてくれない
と遠くで聞いていた

大学の事務をやっている女性。たまたま、通学で方向が同じだった。いつの間にか話をするようになっていた。

話を聞いて欲しいという。だが、自分には、そのような事態を行う意欲はない。周りの友人達が、勝手なことを言っているのも聞こえる。

椎葉山中記

腐葉の　濡れてひかる
飯干の　山径
路肩は　渓谷へ流れ
霧中に　消え果てゆく道
現れては　また消える
小暗き　木々の影は
行けど変わらず
道行く人無く
道標の　文字はかすむ
高千穂の　神々が
椎葉の峠を　隠す時
落人の　影もまた
その中に　埋もれゆく
迷い心の　行へ空しく
雨はそぼ降る

平成二十三年。椎葉へ行く。歴史が身近にある。
　平家の落人の里で、九州の山奥に位置する。
大型のバスは、道路が狭く通行が困難だから、
観光客は少ない。歴史の奥深い抒情をゆっくり
味わう名所である。

高千穂峡

奇岩削成《きがんさくせい》す渓谷《けいこく》の邊《ほとり》
緑松屹然《りょくしょうきつぜん》　雲界《うんかい》に畫《かく》す
嵒下深遠《がんかしんえん》　碧沈沈《へきしんしん》
神開《しんかい》す　千穂《ちほ》の絶境《ぜっきょう》

楠女の急逝を悼む

落暉西風《らくきせいふう》　冷やかにして
緩歩寂寂《かんぽじゃくじゃく》　海濱《かいひん》の巷《こう》
破顔嬌聲《はがんきょうせい》　今や旧遊《きゅうゆう》
机上《きじょう》の古冊《こさつ》　復《ま》た懐抱《かいほう》

学生時代の友人　楠井伸子さん死す。

空蝉懐古

蝉殻《せんかく》　茱萸《しゅゆ》の黄葉《こうよう》に垂《た》れ
朔風《さくふう》飄蕭《ひょうしょう》として　樹梢《じゅしょう》を揺《ゆ》らす
喧喧《けんけん》たる遊興《ゆうきょう》　已《すで》に昔日《せきじつ》
殘痕《ざんこん》　悉《ことごと》く空《むな》しく形骸《けいがい》
如何《いかん》ぞ　遙遙《ようよう》たる郷園《きょうえん》の輩《はい》
碧水《へきすい》　萍蘋《へいひん》　太公《たいこう》の翁《おう》
籬辺《りへん》の華実《かじつ》は有や無しや
願わくは暫時《ざんじ》画《が》を旧《きゅう》に留《とど》めん

渡り路

夥しく
打ち上げられた
さんごの殻は
死骸の山だ

浜に
吐き出された
さんごの殻は
死骸の山だ

腐敗し尽せない
憐れな生き物
その中に人もいた

蒼い海の深い
南国の浜は
生と死の渡り路

旅情

思いは遠く
秋風の　吹きすざぶ
港のドトール
アメリカン

街の灯りが　呼んでいる
人の情けが　身にしみる
はぐれた人が　懐かしく
捨てた懐いが　重たくて
迷う路地の　片隅の
知らない夜の　波止場路

今夜の憂さも
淡い心に　蘇える
港のドトール
アメリカン

ああ　帰りたい　昔の俺に
身を燃やし続けた　昔の俺に

昼前

花は渇き
換気扇の軋む　路地

今日も歩く
電車を　捨てて歩く
思いを　回らしたくて
ひたすら歩く

空しい病院の
出会いが
わずかの　出会いが
その向うにある

一つの残り物

食卓の片隅に
皺に包まれた最中
崩れかけの最中が
ただ一つ

夕陽に影は落ち
暮なずむ部屋
貧しい老婆の心が
寂しく
ひそめく

それから

その人は　さっきから
何も言わない
いやなこと
ではないにしても
底知れない
細い眼の奥で
途方も無い雲の
中にいるような　威圧

そして　伽藍の静けさが
深くなり
あらゆる　躯体は充ち
安堵が　有る

大寒日、同輩の病を知る

寒雨霏霏《かんうひひ》として　重態《じゅうたい》を聞《き》く
隣好《りんこう》の輩《はい》　悲傷《ひしょう》　声無《こえな》し
昔日《せきじつ》　歓談《かんだん》　帰遊《きゆう》の夢《ゆめ》
空《むな》しく瞑想《めいそう》す　南郷都城《なんきょうみやこのじょう》

町内ゴルフ仲間　高木氏死す
夫婦共に同じ九州出身。

事実

小鳥は　楽しく遊んでいる
　と子供等に言った
それは　表向き辞令
言わねばならない　決り
事実は　死活争い
冬の限られた　食糧を求め
むくは　めじろを追い
せきれいは　すずめを威嚇
ひよは　せきれいをそそのかし
はとや　からすが　追いかける
なわばりの　争いを
美化しなければならない
嘘の言葉の　生き物
見えにくく　見まいとする
その中の　人のきまり

気をつけて

気をつけて　の一言《いちごん》が
臆病《おくびょう》を　持ってきた

気をつけて　は
ささやかな　思いやり
には違いないが

時として　変身する
紺碧《こんぺき》の　天空《てんくう》の中
一塊《いっかい》の　暗雲《あんうん》
脅《おび》えと震《ふる》え
忽《たちま》ちの　雑念《ざつねん》が掩《おお》う
そこに　挫折《ざせつ》がある

かっこう

かっこうが　鳴いている
この街で　鳴いている
大きな　声だから
どこまでも　聞える
ずっと　向こうの
テレビの　アンテナに
それと思われる
かっこうは
山にだけ　いるのだと
いつか　信じてしまったが
かっこうは　鳴いている

作り物でない
まさしく　かっこうが
つゆあがりの
夕暮れのなかで
鳴いている

嬉野の朝

あれは確か
海幸彦の神話かと
温泉街を辿る
豊玉姫神社の跡に
現われた婦人
その茶店
嬉野新茶の香りと
姫の神話ロマンと
美肌の効能
古へと今と
ちぐはぐな　食い違い
なのに
何故か　清々しい街
川辺の　遊歩道

平成二十四年　第十四回　六一会　嬉野

ようわからんです

ようわからんです
その人はもう　大分前に亡くなった
パソコン増強操作のなかで
ふと出た言葉
あれは　高校の　解析の授業だった
ようわからんです
大方は　わかりません
なのだが
ようわからんです　は
もっと深い
五十年以上の　年月でも
風化しない　その人の影が
突然　訪れた瞬間

おんどろ

堀で泳げば　おんどろがつく
餓鬼の子らは
全身　毛むくじゃらの
青年となる

田の畦を　匍匐しながら
じいやんの　槍から逃げる
親や　学校の禁令なぞと

夏の暑さは　裸がよい
照りつける　太陽も
河童のおんどろに
何ほどもない

夏の狂喜は　今も続く

母が独りで暮らしていたころ

母が独りで住んでいたころ
狭い庭一面が　花畑になり
足も踏み場もない

母が独りで暮らしていたころ
部屋中に　絵画の本や
ろうけつ染めの布や　大型の額縁が
広げられた

長い勤めと　子供たちの世話の重圧
解放された　安堵と虚しさに
ひたすら　己が生きるために
十年たらずの　時間を
過ごし行くために
家族とも会わず　黙々と
暮らし続けた　意地が蘇る

古希を通り過ぎてしまった日々に
母の心が帰る

軋《きし》み

ミシミシと
からだの何かが　軋む
それは　無意識の彼方から
突然やってくる

軋みの驚きは
やがて　去る
どんなに新しい住いも
買ったばかりの車も
いつかは
見えない　埃や垢が潜む

それは　極く自然に現れ
調和するように
軋みは　増殖し続け
無意識の中に入る

熊《くま》野《の》磨《ま》崖《がい》佛《ぶつ》

緑陰深《りょくいんふか》き處《ところ》　苔蘚封《たいせんふう》じ
石塔磊磊《せきとうらいらい》　筇《きょう》を揮《ふる》いて攀《よ》ず
遂《つい》に到《いた》る天涯《てんがい》　樹梢《じゅしょう》の頭《とう》
穏《おだ》やかなる容光《ようこう》　慈母《じぼ》如《ごと》し

平成二十九年　大学同窓の集りの後、大和の観光を行う。

吉野

吉野の里に　あこがれ
吉野の奥ゆかしさを　求め
吉野千本
樹々の　真意を看る
ありきたりで
聊か侘しく
したたかな　緑の雲海のうちに
蕭条として　立っている
秋風に　古びる万物と共に
時代を生きよと
華麗なる　春の美は
つかの間の喜び
まぼろしの宴と

勤行《ごんぎょう》

鼓唱田田《こしょうでんでん》　腹腔《ふくこう》を搖《ゆるが》す
林住期末《りんじゅうきまつ》　行跡《ぎょうせき》を戒《いまし》む
嗟《ああ》　如何《いかん》せん　残生《ざんせい》の歳《とし》
金峯山寺《きんぷせんじ》　寂寥《せきりょう》の秋《あき》

奈良県吉野町。金峯《きんぷ》山修験本宗の本山。
本尊は蔵王権現。
大学時代の友人数名と早朝に訪れる。

室生寺《むろうじ》

苔石磊磊《たいせきらいらい》　石磴峻《せきとうしゅん》なり
参詣《さんけい》の行人《こうじん》　已《すで》に喘喘《ぜんぜん》
石徑《せきけい》の極《きわ》まる処《ところ》　院《いん》なるや否《いな》や
然《さ》も有《あり》なむ　室生《むろう》は女人《にょにん》の高野《こうや》ならん

高野

陰陰《いんいん》たる老杉《ろうさん》　天空《てんくう》を蔽《おお》う
精霊幾何《せいれいいくばく》ぞ　浄界《じょうかい》に会《かい》す
塵事《じんじ》の諸行《しょぎょう》や如何《いか》んと
然《しか》るに此悉《これことごと》く　建国《けんこく》の礎《いしずえ》

平成二十九年　大学同窓の集りの後、
高野山の観光を行う。

岡城址

城郭《じょうかく》峻崖《しゅんがい》　苔蘚《たいせん》封《ふう》ず
老楓《ろうふう》側壁《そくへき》を穿《うが》ちて盤拠《ばんきょ》し
紅葉《こうよう》　今応《いままさ》に燃《も》えんと欲《ほっ》す
荒城《こうじょう》の声調《せいちょう》　何処《いずく》よりか来《きた》りて
遊子《ゆうし》縦遊《しょうゆう》　昔日《いにしへ》を偲《しの》ぶ
驚惶《きょうこう》す　飄風《ひょうふう》　渓《たに》より上《のぼ》りて
忽《たちま》ち変転《へんてん》す　静穏《せいおん》の郷園《きょうえん》
恨恨《こんこん》仰嘆《ぎょうたん》す　黄葉《こうよう》の天《てん》

岸壁に立つ

潮の香が漂《ただよ》う
この空間は
浮ぶ小雲に
ただ　風が押し寄せるのみ
真昼の南洋
海の潮騒《しおさい》も
遠く誘《いざな》う　忘我の時
一髪の　円い水平線と
碧く　奥深く暗い　天空の
宇宙の中へ
万物は
何程かの擬態

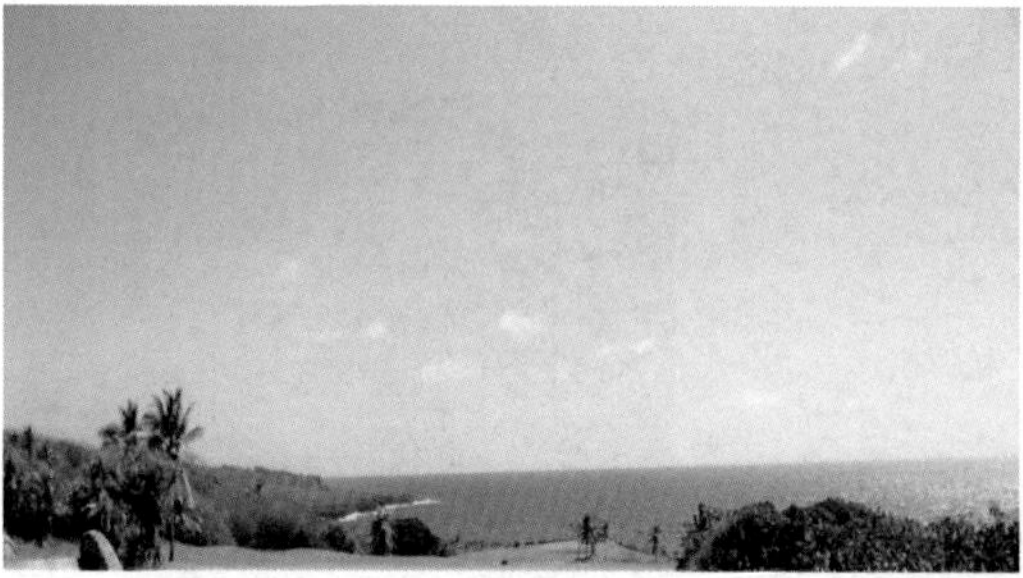

潮騒

しおさいの
まくら辺に
ざわめきの
はるかなる
やすらぎ

人の世の
来し方を
たどらせる
やるせなさ
もどかしさ

ベッドにいる母の息づかい。それは、ゆっくりと大きく、潮の満ち引きだ。人はやはり雄大なのだ。

異郷の夏

髑髏のような　すけすけの
骨ばかりの　戦車の残骸
どこか　おもちゃのような
いやに小さく
砂に　めり込んでいる
戦争とは言え　これは遊びだ
恐ろしき概念と　かけ離れた
過去の真剣さが
寂しく憐れと
一握の砂を　ふりかけた
夏の日の　午後の
明るい　日差しの中

平成二十五年。斉藤家との家族旅行。サイパン島の一角には、旧日本軍の戦車が今も放置されている。これが当時の戦争かと、憐れな日本軍の抵抗に思いをよせる。父のビルマでの戦いも同じようなものだったかと。

冬日

ポインセチアの赤が
枯れてゆく
冬の日だまりの中
うつらうつらと
無為な余命を
晒しながら

ポインセチアの赤は
あくまでも赤いが
もはや葉先を反らし
人知れず縮まる
午後の窓辺

博多の夜

鈍《にぶ》い灯《あか》りの
木目《もくめ》に映《うつ》る
ほつれ毛と　油脂《ゆし》の痕《あと》
遠《とお》く騒音《そうおん》は
懐《こころ》に
煩《わずら》わしさを去《さ》る
琥珀《こはく》の内《うち》の
博多《はかた》　中州《なかす》
やすらぎの　路地《ろじ》
時《とき》は流《なが》れる

既応症の人

その家は　自動車小屋と言っていた
母屋に続く軒下と　拡張のトタン屋根の
かつての　自動車駐車小屋
それでも　トイレを取り付ければ
井戸はなくとも　住いではあった
貧しい　戦後の暮らし

夏は焼ける　トタンの暑さと
屋根に載せた　押さえの大石が
風の日に　落ちてこないかと過ごす
冬は　隙間風の音に　もんもんと
新聞紙をかぶり
寝返る度の　ざわめきを聞いて眠る
豊かとは程遠く
食べ物を探して　大人も子供も
生きる活力を　共有して動いた

生きがいとは
世の為とか
趣味を持つとか・・　ではなく
のっぴきならぬ思いを　人と共有すること
どんな人とも　煩わしさがなく
どこかに　存在の暖かさがある
それが　身にしみてしまう
既応症　ではないかと

離思《りし》

東風蕭蕭《とうふうしょうしょう》として　未《いま》だ暄和《けんわ》ならず
歓愛《かんあい》　隣《りん》を卜《ぼく》す　四十年
今次《こんじ》　尊老《そんろう》　移轉《いてん》せんと欲《ほっ》す
櫻花爛縵《おうからんまん》　寂寥《せきりょう》の春《はる》

中年の頃よりテニス仲間として付き合い、麻雀に興じた。それも終りとなった。

価値

烏《からす》は　黒いから嫌われる
烏《からす》は　声が麗《うるわ》しくなく嫌われる
烏《からす》は　食べ物が雑《ざつ》で嫌われる
だが
ご飯　ご飯と鳴く　カラスも
わんわんと鳴く　カラスも
ああと　四回切りに決めて鳴く　カラスも
居なくなる時は　静かに去る
何処へともなく
この世に　痕跡《こんせき》を残さずに去る
そして　そんなカラスが　懐かしい
明け烏《からす》の　夥《おびただ》しい群れでさえ
嫌われるが故に
一切の己《おのれ》の性《さが》を　消してしまう
死後に残す　物の価値とは
何だろう

春

春の肌寒い
野良へ出て
思い切り
くわを打ち込む
とのさま蛙が
飛び出して　目をむいた
何だ　騒がしいと
うるさそうに
そっぽを向いた

漫成の詩

目次

偶成

先師曰く　人生夢の如しと
又曰く　将来に期する有べしと
七十年　未だ多事盡せず
如何せん　躯衰え難からんことを

博多の夜

鈍《にぶ》い灯《あか》りの　木目《もくめ》に映《うつ》る
ほつれ毛　油脂《ゆし》の痕《あと》
美しすぎる夜
美しきものを　求めた
時代の
ときめきはない
遠《とお》く騒音《そうおん》は
懐《こころ》に　煩《わずら》わしさを　残さないが
空しい美しさが
時を凍らせる

琥珀《こはく》にゆらめく　博多《はかた》　中州《なかす》
やすらぎの　路地《ろじ》を求めて
また歩く

千曲川

浅間の連山の　向こうから
小諸の　丘をよぎり
遠く霞む　松代の山間へ
消えてゆく　大いなる川原は
くねくねと　伸びて行く

葦の深い　川原に
秘めたる　清水の
尽きない　流れの内に
幾万とも知れない　過去を
悠悠と　流し去る
一つ山の　根をよぎれば
また　新たなる原の　広がりの中に
身を置き

そして　多くの自然の
囲みの世界に　順応するが如く
静かなる　ささやきのみを残す
何人の思惑をも
受けることのない　強さを秘めて

夏の終わり

夜明けに　そっと開けてみるドア
冷たさが　流れ込む
ツクツクボーシ　ツクツクボーシ
夏休みは　もう終わりか

竹取りの　道すがら
唄った歌は
ゆうべの夢中に　確かだが
跡を残さず　消え去る
ツクツクボーシ　ツクツクボーシ
サラバダヨー　サラバダヨー　ジャア

へんぶ

夏が待ち遠しい
ぼうぶら（長かぼちゃ）の　垂れ下がる
竹垣の　広がる空
一面　夥《おびただ》しい種類の　へんぶ
からす・しおから・あきあかね・ぎんやんま
名も知らぬ色の　蜻蛉《とんぼ》の群れ
竹竿の先に　蛛《くも》の巣を張り
追いかける

へんぶ
隣の母親が　教えた遊び
田舎へ　疎開《そかい》した子供の知った
驚嘆した遊び
その夏が　待ち遠しい

名刺

スーツの　ポケットに手を入れ
何枚もの　名刺《めいし》が
探《さぐ》りあてられない
空《むな》しい　一抹《いちまつ》の寂《さび》しさ
己の存在が　果《は》て
ビジネスに　害され尽くし
病葉《わくらば》となり　落ちる体

名刺は　ただの紙切れでも
生涯　守り続けた　表札
それを失った
自分の表札を
どう書き直せばよいのか
遊び心の　航路を
描《えが》けない　侘《わび》しさ
うろうろと　彷徨《さまよ》い
亡霊《ぼうれい》の如く　巷《ちまた》をさまよう

企業での人生は極めて充実していた。だが、己の老化は進みつつあることを感じていた。このままで良いのか。人生でやってみたい事を、やり残すのではないか。どこで人生の切り替えを行うのか。

考えた答えは、還暦の時期だった。納得した決意でも、感情までは制御出来ない。

夕立

唐突《とうとつ》な　稲妻《いなずま》と共にきた　轟音《ごうおん》
全ての思考が　空白の中に
舞い上がる

小さな目を　いっぱいに広げた
祖母の顔
麻布《ぬの》の　蚊帳《かや》を広げ
片隅《かたすみ》の　吊《つ》りを落とせと
くわばらの　背中《せな》

やがて来る　騒音《そうおん》の驟雨《しゅうう》と
うちわの風と
遠雷《えんらい》の　まどろみと安らぎ
意外な　暮らしの隙間《すきま》
無常《むじょう》のひと時

生き方

時代の片隅《かたすみ》へ
行ってしまったのかも知れない
変人《へんじん》は
何処《どこ》か遠くの　人の蟠《わだかま》りと
耳朶《じだ》にもかからぬものだった
四季《しき》の移《うつ》ろいを　ただ懐《おも》い
夏は夏らしく　冬は冬らしく
洩《も》れくる　月の光の　窓下《そうか》に臥《ふ》し
うちわの風を送る
里のたたずまいは　変わらないが
蛙の声は　弱く寂《さび》しく
秋の虫の　声もない

新築《しんちく》時の空調《くうちょう》は　未使用のままに
老朽化《ろうきゅうか》しても
ただ　体の赴《おもむ》くままに
暑さ寒さを　身に受け
人生の日数《ひかず》を　読む

赤い夕日

大きな夕日
真赤《まっか》に燃《も》え
大空を染《そ》め
田畑も家も
燃《も》えている

ごらん
その偉大《いだい》さを
やがて消え
闇《やみ》に沈《しず》む
その心を見せず
今こそ　燃《も》えている
今こそが　その心

雲の上から

雲の上から　雲を眺め
雲の動きに　息を飲む
舞台裏を　覗き見るように
世の中の表には　裏が潜む

山の頂に　のんびりと　浮かぶ雲
夕焼け空に　赤くたなびく雲
それは　美しいものには違いないが
洗練された　憧憬にすぎない

雲は　島嶼に腰をかけるように
山の嶺の　帽子のように
雲があれば　そこに大地があり
大地が生んだ　巨人となる
たちまち姿　形　表情を変え
消えるかと思えば　また現れる

秋の嵐が　通れば　それを追い
野原の草木が　靡くように
雲の頭という頭を
ことごとく　靡かせて走る
壮大な　雲の行列
自然が造り出す　壮大な造形を知る

妻女山

夏雨《かう》変転《へんてん》す　晴天の午《ご》
満草《まんそう》の滴《てき》　裙足《くんそく》を濡《ひた》す
驚断《けいだん》す　山径《さんけい》　隠者《いんじゃ》降《くだ》るかと
陋《ろう》　忽《たちま》ち開く　妻女《さいじょ》の眺望《ちょうぼう》

彷徨《さまよ》う街《まち》

客がまだ来ないスナック
グラスの滴りを気にし　かかげた向うに
ママの瞳が暗い

今日はうまく歌えない　歳のせいか
そんなこと　あるのよ　歳でなくても
体も精力も落ち　もう遊べなくなる
それはないでしょう
それはそれなりの　楽しみ方があるじゃないの
それ　励まし?

人の目が煩わしく
ざわめきを背に　中州路地へ
那珂川の川風　水面を揺らす
街の灯りの中

五十歳台での単身赴任で湘南にいた。そして、九州への出張はわびしい。遊びとは異なる職務の責任はとてつもなく大きいものだった。

秋の阿蘇

一陣《いちじん》の霧の切れ間に
姿を見せる　偉大《いだい》な草原も
今は　侘《わび》しげな秋《とき》
人の　そそくさと
通り過ぎるのみの
やがて　枯れ果てる
銀色の大地
青々とした　緑深き大海原《おおうなばら》も
若々しい　希望の野辺《のべ》も
全てが　終わりを告げるように
今は　無言《むごん》の威厳《いげん》を保つ
すすきの穂波《ほなみ》は
居並《いなら》ぶ　中世《ちゅうせい》の貴公子《きこうし》の群《むれ》の如く
静かなる聖堂《せいどう》の　丘へとなびく

秋の阿蘇の草原に
天地は天地の
人は人としての
あるべき姿の　集大成《しゅうたいせい》を見
大地を踏みしめる

田舎

田舎《いなか》はいいなあ
周《まわ》りに人もなく
ただ　草や木が生《お》い茂《しげ》り
独《ひと》りごとを　呟《つぶや》いても
何処《どこ》かに　情《じょう》がある

田舎《いなか》はいいなあ
都会の真《ま》ん中の
賑《にぎ》やかな孤独《こどく》
空《むな》しさを　残す世界に
侵《おか》されてしまった心は
戻《もど》れなく　忘《わす》れ去られた

田舎《いなか》の色は
もはや　描《えが》く術《すべ》もない

孔子廟《こうしびょう》

泗水《しすい》　蒼天《そうてん》にして　楼《ろう》　屹立《きつりつ》す
先師《せんし》の言志《げんし》　今《いま》　復《ま》た胸《むね》を打《う》つ
然《しか》るに故国《ここく》の民《たみ》　偉人《いじん》を知《し》るや
謙譲《けんじょう》の徳《とく》　今《いま》や破却《はきゃく》の塵《じん》

すももの木の生涯

骨と皮だけ
やはり　そうだった
まるくない　異型の
節くれの肌は　造作なく崩れ
ただ　年輪は
二十年前の
出来ごとに　耐えた痕跡
それまでの芯が　支えとなっていた
わずかな数の　実をつけても
鳥に　たちまち奪われてしまう
かつての　勢いもなく
空洞化した　幹はもろい
この家で　育った樹
残りの数本の　根を切断し
木の生命を
想いをこめて　断つ

気まぐれ

何故か　今日は動く
負荷《ふか》が軽いから　ではない
軽くても　止まる度に始動を入れる
こともある
十五年を経た　洗濯機
うつ病か　痴呆《ちほう》のように
何の　因果もないような
不可解《ふかかい》な　挙動《きょどう》
機械も人も
不都合が　不都合と直結した時代は
もう過ぎてしまった
ソフトに溢《あふ》れ　孤独な世
外見は　瑕疵《かし》もないが
何かに犯《おか》された　病根《びょうこん》
老化も見えない　気まぐれ

忘年高爾夫《ぼうねんゴルフ》

天気晴朗《てんきせいろう》なれども　冷風《れいふう》強《つよ》し
枯葉《こよう》　蛛児《ちゅじ》の如《ごと》く球道《きゅうどう》を這《は》う
帽揚《ぼうあ》がり　風《かぜ》に対《たい》するに　老軀《ろうく》に厳《きび》し
然《しか》るに追懐《ついかい》す　克友《かつゆう》の鼓勇《こゆう》するを

若者

深夜に響く　突然の爆音
またあの単車の奴
警察も　止められない
ロープを張られても
巻き付けられても
釘を撒かれても
…仕方がないか
ああ　若い世代の　欲求不満

戦艦に　体当たりした
赤鉢巻きで　国会を攻めた
主義・主張、宗教の差で
殺し合いをした
だが今は　もっと悲しい
檻の中で　暴れる事以外
方法が分からない
誰か　心が熱くなる　情熱を
教えてやってくれ

浴衣

清々しい　解放感を
無にする
ずぶ濡れの着物

何故と・・
風呂は
社会の一切の纏いを
脱ぎ捨てるから
清々しい

渓流の湯泉
不快な浴衣
脱ぎ捨てれば
あらゆる束縛も
清々しい

ある朝

シャッターを揚げ
朝の空気を吸う
やがて　硝子戸の向こうに
小雀が　首をもたげる
恐れを知らぬ　子供
未熟であるが由に
ひたむきに　餌を求める
此処は　やさしく
穏やかだ
家族で来たらいいと　言いながら
ふと
己れは　何をしてきたか
周りは　やさしかったか
厳めしい　闘争の世
心ならずも
気を張り続けたのではなかったかと

ある日

顔を赤くした教師が　荒々しく
黒板に「誠」と書いた
力んで最後の、で白墨を飛ばした
一番前の　ど近視の小男が
マ・コ・トと呟く
馬鹿！　これは言を成すと言うんだ
と言って出て行った
よく見れば　言が歪でやや大きい

人里離れた山道の　ある日
置き去りとなった二人は　何も語らず
ただ足音を聞いていた
今　この人に言いたいことは　と
言の字が　したたかに去来していた

諸行無常

いつの時代からだったか
夜の大空が見えなくなったのは
働きにでるようになる以前は
確かだが
それから　霧につつまれるように
夜空は消えてなくなった

いつの時代からだったか
個の生命が　ただの塵の一つに過ぎず
あらがいようのないものに過ぎず
間もなく消えてなくなる
そんな単純が　見えなくなったのは
夜の大空は
星の　大きな固まりとなり
ひとときも　留まることなく
中天から　水平線のはてへ流れる

人が生きて動く
それは　その中の　己れだけのもの
欲望を　誇示するものは　どこにもない

いつの時代からだったか
自然の偉大さが　見えなくなった
もう一度　大空を見てみよう
盲目の人は　氾濫するが
夜空の彼方は　何もかわらない

夜思《やし》

酷風《こくふう》籟籟《らいらい》として窓頭《そうとう》を撃《う》つ
旧友《きゅうゆう》　年々《ねんねん》　再《ふたた》び還《かえ》らず
寂寞《せきばく》たる残躯《ざんく》　暗澹《あんたん》の途《みち》
幾何《いくばく》の偸楽《とうらく》か　此《こ》れ夢中《むちゅう》

孤独

絨毯《じゅうたん》の縁《へり》の
すり切れた糸が　頼りなく
部屋を歩きまわる

午後の太陽が　身体《からだ》に沁《し》み込んで
耳の奥で　じんじんと鳴る

何をする筈《はず》だったのか
絨毯《じゅうたん》の縁《へり》の
まばらになった　地肌《じはだ》に
太陽の影を追う

日は　刻々と過ぎてゆく

退き潮

打ち寄せる波が　退いてゆく
全てが去った後の　静けさが
心の襞の　奥深くに入る
もう　逢うことはない
遅れた　すまなさが
街のあかりが　消えゆくように
褪せすさぶ
待ちわびて　くたびれて
待つ空しさ
それは　何時からのことか
どんな違いの故なのか
ただ逢いたく　充たされた
懐かしい　遠い昔のひと時
それはもう
泡のように消え去る

学生時代、福岡天神に下宿した。時間的余裕を得たことで、己の生き様を考えることが多かった。誰かの支えを必要としていたのかも知れない。

公民館

けだるい　放課後の日々
蛙の　鳴き声のような
クラブの　かけ声をよそに
グラウンドの　片隅の
小さな公民館
今日も　あいつ　来るだろうか
薄汚れた　図書棚の陰で
係りの姉さんが　微笑む

あれは遠い日
時代遅れの　建屋支えと
板目の痩せた　外壁
老化の　すさまじさ
子供の声も　まばらに
うつろな空に　目をそらす

南海の果て

南海の潮《うしお》は　あてどなく流る
生ける者の　懐《おもい》
杳茫《ようぼう》たる蒼海《そうかい》へと　誘《いざな》う
南海は　心の疼《うず》き
島嶼《とうしょ》を巡《めぐ》る　波濤洶洶《はとうきょうきょう》
鼓《つづみ》の如き音　幾度《いくたび》となく砕《くだ》く
海水を呑吐《どんと》する　大小の窟《いわや》は
許多《あまた》の霊《れい》の　隠棲《いんせい》か
天には　纖雲《せんうん》なく
終日《ひねもす》　太陽の無窮《むきゅう》の中《うち》
嗟《ああ》　沈愁《ちんしゅう》　些事《さじ》なり
畢生《ひっせい》　大なる天地　事もなし

置き去り

船のへさきが
桟橋に当たるショック
跳び降りた　海浜は
明るい太陽に　焼けていた
砂を踏みしめる音
何と静かな島か
うつらうつらと　誘われ
いつしか　客寄せの姿も消え
周りは　デイゴの花の赤と
椰子の緑
この地上から人は消え
置き去り

己の行動を
瞬時に奪う天が
空白の時を　与えたのか
そして
やたら　穏やかな日和の中
ただ歩いていた

竹富島の海辺は淋しい。人影はなく、孤島に置き去りにされたような感覚になる。空と海の青さが、嫌というほど身にしみる。

靖国

あれから七十年
母が参拝したという話は
聞いておくべきだった

戦地で　亡くなった者
内地に　残された者
生きながらえる者の懐いは
いつの間にか遠ざかり
あるべき筈の
死者の世の　熱い戦いは
消え失せている

生ける者への
大切な　無形の贈り物
それが　見えなくなった
桜の白が　厳しくせまる
うらぶれる　人々の群れ

父が出征したのは、四十歳になってからで、昭和十八年だった。ビルマのインパール作戦に軍医としての参戦だった。

母は、誰にも言わないが、国家に対する不信感を持っていた。

からおけ

音量を　いっぱいにあげて
歌っている
男と女と
愉快な　振る舞いの中に
目いっぱいの　かつての姿態
しかし
どううまく振舞っても
どこか侘しい影
僅かの　艶めかしさをも
マイクには伝えきれない
世間から　切り離された
昼間のスナック
老齢の　生きることの厳しさ
懐かしさ

緑渓湯苑《りょくけいゆえん》

渓流《けいりゅう》の温泉《おんせん》　環岩《かんがん》乱《みだ》る
煙雨《えんう》濛濛《もうもう》　燈火《とうか》空《むな》し
霧裏看花《むりかんか》　渓聲《けいせい》の中《うち》
礁《しょう》を渡《わた》らんと欲《ほっ》すれば浴衣《よくい》冷《つめた》し

霧島の露天温泉は川の中にある。薄暗い湯に浸る男女がいる。自然の中に溶け込んだ、穏やかな雰囲気、人々の大切な歴史遺産なのだろう。

蒟蒻芋

すごいものだ
二年もの間
蒟蒻芋の姿
見ていなかった
忘れ去られても
変わらない
頑固な生きもの

今　やっと
畑に戻された芋は
どうするのだろう
むしろ　畑の中は
厳しいかも知れない
育ってゆくだろうか
腐ってしまうだろうか

霧島路

雲《うん》霧《む》濛《もう》漠《ばく》　径《けい》定《さだ》かならず
前《ぜん》燈《とう》明《めい》滅《めつ》　何《い》処《ずこ》へか去る
暗《あん》風《ぷう》鞭《べん》声《せい》　愈《いよ》よ以《もっ》て激《はげ》し
寂《せき》寞《ばく》來《きた》りて　諸《しょ》行《ぎょう》如《い》何《か》んと

椎葉から霧島へ抜ける道は、昔のままで、車は難儀する。道には雨で流された岩石が散在する。

歳月

遠い日々を　考えていた
日が暮れて
置き去りにされた　鬼の
かくれんぼ
つまらない　憤まんと　高揚と
蝉が　殻をぬけるように
抜けること　脱皮しようと
それでも　周りを捨て去る
心地よさと
新しい幕開け　があった。

何となく　怠惰な繰り返しの
日々からの絶縁も
新しいものへの
思いを馳せることも

何時の間にか
訪れて来ないことすら
分からない
ときめきは　今はない
終《つい》の歳月

田原坂

四千《よんせん》の烈士《れっし》　今此処《ここ》に眠《ねむ》る
寂寞《せきばく》たる丘陵《きゅうりょう》　新緑《しんりょく》の中《うち》
先史《せんし》の戦乱《せんらん》　何の大義《たいぎ》哉《や》
知《し》らず　時将《ときまさ》に雨降《ふ》らんとは

平成二十六年　第十六回　六一会　菊池

死

やけに小さな　白い顔で
その人は　横たわっていた
人は　動かなくなると
かくも　小さいものになるか
何かを　言いたげなのか
聞くこともせず
唯ただ　別のことを　考えていた

ボロ布で　作った人形が
どんなに　化粧をしても
着物を　着せても
人にはなれない　人形の
頼りなげな　もののように
壊れてしまった
おもちゃの　人形のように
人は　動かない
ただの物質に　過ぎなかったと

母の死　二篇

あなたとの別れ

照りつける　光の薄さが
いやにのどかな　真昼時
さよならを　まだ
言わなかったのに
霊柩車の　黒い台座の中へ
もう　あなたは　消えて行った
そんな　大そうな
別れではないじゃない
誰もが通る道と
淡々と　背中を向けた　あなたは
笑うこともなかった
花束に　埋もれても
いつもの　知らぬ顔をした

梅雨の季節の　路の陰から
湯気が漂い　いつか
その脇道を　辿っていた

木樽

給食婦の母が
もらい受けた
脱脂粉乳の　空樽
痩せた木樽
箍《たが》の効きの悪い
ボロ布を詰めても
つめても　水が滲み
水滴となり　やがて
緩みの間から　迸る湯
風呂桶代用　ではあったが
板目は　ささくれ
何時　何処が
破れるとも知れぬ
危うい木樽

九十歳の　半ばを過ぎる
母のベッド
そこは
もっと枯れた造作の
憐れな　木樽ではないかと
心の怯えが　よみがえる

戦後、子供五人を育ててきた母親は、本来は強くはない体だったが、老後は、病気もなく、体全体の全ての機能が、一様に衰弱してゆく体になっていた。

そして、人生の最期を迎えた。

柿の実

或る雨の日
あおい柿の　実は落つ
次の日も一つ
それからまた二つ
成熟へむかう　あおい実は
無残なるか　落つ
若木の　力の限りの
哀しみの中に
自然の　あるべき姿の故に
もはや
不調和な　無用物と
世の理なれば
あおい実は　落つ

独りで歩く

独りで歩いていた
街の雑踏の中を
侘しい横丁を
急ぐ人　すれ交う人
人は流れていた
独りで歩いていた
思わず　振り返る
そこは　淋しげな道

独りで歩いていた
変わったことはない
旭日は清々しく
夕陽は燃える
薄暗い夜明けに
夥しい種類の鳥が
言葉を交わし　騒ぐ
草の生える場所も
思い思いに生きている

独りで歩いていた
独りで歩くことを
余儀なくされ
そして　歩く
自然に融けこみ
人という重荷を
背負いながら
ただ独りで歩いている
脇道もない野路を

仕事から解放され、己の持つ残りの時間を見つめ歩き始めた。これが本当の自分の生き様なのだと。

ひまわり

真夏の太陽の明るい日
小高い丘の細道
しじみ蝶は飛び交う
見下ろす野の一面に
ひまわりの花
居並ぶ講堂の人々のように
一斉に顔を向け
より後ろの者は　より高く
顔を向ける
何かを欲しがるように
何かを訴えるように

ひまわりの叢に入れば
暗い混雑の中
大きな美しい顔も　腰折れ
阻害され　横向きを決めつける小物
そんな花の　舞台裏は
同じだ

訪れた人

訪れる人もないところ
突然　降って湧いたように
立つひと

唐突にも
映し出す　映画の一こま
不可解に　まぶしく
離れた世界
幸せに　語り合っていた
その人の　車両の席が
空しくなっていたことも
記憶のどこかに　ありはしたが
その人は立っていた

心にもない
真実でもない
体のどこかが　ひとりでに
せい一杯に　張りつめ
破れはてる
何故か分からぬままに
その出会いは終わり
別れとなった

予期せぬ出来事。それは、時のいたずらのような事態だ。

筋書きが好ましいという思いに浸っていて、それが、あらぬ方向へと動いていった。人生のすれ違いというのは、このことだったかも知れない。

科学

そりゃ　死なれりゃ想《おも》いは残るし
心情は分かるがね
でも
人は死んで　髑髏《むくろ》となり
生きている者の　餌《え》になる
一滴《いってき》の水が
地面に　吸い込まれるように
一抹《いちまつ》の灰も煙も
地球の体内に　吸い込まれ
次の生命の　大事な糧《かて》となる
どうってことのない　道理《わけ》なのさ
と言って　相手の顔を視《み》る
馬鹿馬鹿しい
乾《かわ》いてしまう　二人

本当に美しきもの

美しきものが見えない
美しきものを忘れ
美しきものは
見捨てられてしまった

草花は美しい
木々の花々も　着物も美しい
だが　空しい
心が　懐いやる心が
しらじらしい

腹を空かして　盗みをした日々
他人のものとの　違いさえ希薄で
それで満足だった時
本当に美しきものは
到るところにあった

人間の
人間として
美しくあることが
ただ　最後の
美しき支えだったのだろう

異常者

異常者とは　世間の人々と
同じことをやらない者
　のことを言うのか
携帯　スマホ　パソコンをやれない
ご飯に塩をかける
漬物に醤油をかける
水は控え目　体を鍛える
質素は体を強くすると信じている
夏の暑い日も　空調を使わず
腹当てをして寝る
戦後の窮乏の中で　身についた習慣
それが皆　異常者というのか

若い経験のない世代の話ならともかく
戦後世代を経た者すら
異常と言う
感化されてしまった社会
空調が利く部屋で
ペットに着物を着せ
抱き合って寝る
それを異常とは言わないのか

遺産

よく考えてごらん
お前が　後世に遺《のこ》すものは何
脈々《みゃくみゃく》として　与えてあげられるものは何
お前が生きた証《あかし》をみれば　分かるだろう
人が唯一遺《のこ》せるものは　先天的には遺伝子
だが、本当は
お前が　そうであったように
親から　生きるための情をもらい　理を学ぶ
友人や教師には　学問の奥深さを教えてもらい
人生の価値観に　目覚めさせてくれた
お前が　遺すものもまたそれだ
人は　生涯の中で　遺産を遺《のこ》す
生命が果てると共に　役目は終わる
遺した財　いや遺った財は
所詮《しょせん》は　残ったものでしかない
その価値は　評価さえ煩《わずら》わしい

逍遥の果て

目次

出会い

空しさは
一陣の風と共に
残り火を　霧散し
消してしまう

何故でもない　出会い
その人は
窓にもたれ　細い足を組み
彼を見ていた
それは　ずっと前に
何処かで見た絵だった

周りの人々の
煩わしきざわめきに追われ
外は凪
自然の息吹が　全て停止する
ある海辺の街

我が人生には、何度か同じような場面が生じる。それは、裕福な家庭であった筈の生活を、戦争で全てを奪われた時から始まった。

人並みに贅沢や恋も慎み、ひたすらに家族や社会に尽くす。その生き方が内向した己の訓練と思った時代だった。

孤独の夢

賑やかな 旅行
家族　兄弟
子供の頃の友と
海辺を歩く
海から駅への道は遠く
交叙する道を
好き好きに歩く
大きな工場敷地を　横切り
迂回道は　徐々に狭くなり
民家の　まばらな野路
共に歩く人
何時しか　はぐれ
周りに　人影見えず
引き返すは
あまりに遠く
日暮れ迫る

方角頼りの　歩き
道は更に狭く
民家も　途切れ
目前に
大きな林が迫る
さて
如何にすべきかと・・
孤独に暮れる
それが人生

笑う

大げさな仕草で　笑う
言葉尻を捉え　笑う
不器用な役を　笑う
笑うことは　良い事だと

若者よ　笑う勿れ
笑えば　とろろ芋の如く
脳はとろける
融けた脳は
もはや固まらず
笑いは
何時か　幸せ偽装になり
理知と創造を　奪い
眞の笑いを
見えなくする

笑いは
笑う毎に　低俗化し
笑いの　新たなる種を
捜し求め
際限なく陶酔し
侵されてゆく
笑って　誤魔化す
笑って　何が悪いと
笑って　福と

何が　おかしい
玉条の品格を失い
時代の背景を
忘れ去る世代

待合室

思い直してきた医院
やはり老人ばかり
場違いの辺境
ことさらに　背筋を伸ばせば
一瞬　蛙の合唱が止まる
待合室

薄暗い　ひそめきの中から
あら・・の　ひと声
女神の声は　救いの手
話を　延々と聞きながら
遠い彼方の　馴染めない
放置された　母親の車椅子を
見ていた

晩夏

雨あがり
涼風来り
夏終る

紺碧の空は
深き淵の如く
果てなし
新しき土の黒さ
わずかな緑の
酷暑に耐えた
息吹が芽生える

夏終る
新たな営み
再びの時めき
老いたる躯体が
殘生をかける
天地万物の一念

田舎道

子供の頃
馴れ親しんだ
電車の駅の
真上を飛ぶ

そこからずっと　大きな路
東西にある筈だった
通い馴れた道は
田んぼの畦道のように小さい

乗合バスが　走っていた
子供は　片側の草叢に避け
蛇の目の柄が当たり
運転手に追われ
叩かれた餓鬼

蜘蛛の巣のように
集落を繋ぐ　道路
石橋は残骸
水は流れず
緑の堀　消滅

合理的整備
整然とした区画
ちぐはぐな　集落
豊かな自然の営み
遠い昔の夢

遅過ぎた便り

もう決めたことだ
過去の葛藤を　封じ込め
過ごした日々
明日は旅立ち

人の　分厚い便り
初めてみる　重みに
好ましく　疎ましい
心のすれ違う　戸惑い
閉じた心　開けども
痕跡消えず
無垢ではあり得ない
もう決めたことだ
もう決めたことだと

学生時代は終り、企業に就職した。これから関西に出立し、会社員になる。その心構えは出来ていた。

　ところが、その日の前日になって、突然の便りだった。如何ともし難く、その夜、返事を書き、それを妹に託した。

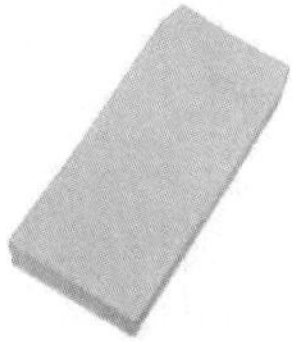

夜思

もう会うのはよそう
こころがすれ違うから
困る　こまらせるのはよそう
さびしさが　つのるから

独りでいいのだ
こころのおもむきは
自由だから
これからも　ずっと

深々　更けゆく夜
裏の小藪か
狐の鳴く声　遠ざかる

一緒に

一緒に行かないか　かの山に
世間のかかわり　なくていい
広い自然　友達じゃないか

一緒に行かないか　かの山に
飛び立つ鳥の　懐《おもい》乱れる
たった一度の　人生じゃないか

一緒に行かないか　かの山に
あなたなければ　栄誉もいらない
どうせ無に帰す　道ではないか

一緒に行かないか　かの山に
青空に向って　尾根をゆけば
きっと裕かな　家が待つ

咸宜園《かんぎえん》

秋陽閑行《しゅうようかんこう》　淡窓《たんそう》を訪《たず》ぬ
茸屋清素《しゅうおくせいそ》なり　秋風庵《しゅうふうあん》
興国《こうこく》の偉器《いき》　共に勉学《べんがく》す
聞説《きくなら》く　孔孟《こうもう》は本由《もとよ》り
塾生《じゅくせい》　詩《し》に卓偉《たくい》ならんと欲《ほっ》す
師《し》の教《おし》える処《ところ》　厳格《げんかく》のみに非《あら》ず
温潤文雅《おんじゅんぶんが》は　詩人《しじん》の情《じょう》
是則《これすなわ》ち　孔《こう》の温柔敦厚《おんじゅうとんこう》なり

なぎさ

大きな海が　息づいている
何もかも　吸い込み
爽やかに　息を吐く
大きな海は
ベッドの母親と
遠く　見ている
碧い海原の　果てしない
水平線の彼方に
白い雲の蒲団が　息づく
穏やかな　寝顔の枕辺
やすらかであれと
大きな海が　息づいている
人影も絶えた　なぎさ
静かに見守る　なぎさ

昭和の愚か者

夕闇《ゆうやみ》せまる　藻汐《もしお》の匂い
砂に埋もれた　小舟の骸《むくろ》
昔の日々が　懐かしい
ちびた草履《ぞうり》を　引き摺《ず》りながら
赤い灯頼《ひだよ》りで　今日もまた
昭和くずれの　田舎街

お前も去った　俺もまた
いずこの場末《ばすえ》に　埋もれるか
居酒屋《いざかや》かぶれの　染《し》みの痕《あと》
黙《もく》す淋しさ　耐えきれず
徳利《とくり》かかげて　はりあげる
昭和くずれの　流し歌

何で愚かな　ばか者と
世捨《よす》て親父《おやじ》の　身の上の
浮世話《うきよばなし》に　つまされる
逢《あ》いたい人の　ささやきに
何で行かぬと　身を責める
昭和くずれの　幕引きさ

神奈川県寒川は田舎だ。単身赴任で、夜毎にさまよう飲みや街。

ふるさと哀詩

どこまで続く　田畑《たはた》の小道
枯葉《かれは》色の　小麦の波に
またその季節《とき》は　やってくる

忘れまいぞ　餓鬼《がき》の友よ
身《み》は枯《か》れ　果《は》てるとも
その精神《こころ》は　生きている
ひばりは高く　鳴いている
海辺のとんびは　降りてくる

忘れまいぞ　餓鬼《がき》の友よ
若葉に映《は》える　阿蘇の草原《はら》
夕霧《ゆうきり》迫る　山の湖《うみ》
祠《ほこら》へ下《くだ》る　風雨《ふうう》の道に
喘《あえ》ぐ吐息《といき》も　懐《なつ》かしい

忘れまいぞ　餓鬼《がき》の友よ
この幾歳月《いくとせつき》を　心の糧《かて》に
尽《つく》し続けた　真心《まごころ》を
明日《あす》の命《いのち》の　友として
ふるさと列車の　連《つ》れとして

平成二十八年　第十八回　六一会　柳川

老犬

栗毛の犬　空ろ
コンクリートの
冬の陽だまりに臥す
車庫　囲いの中
世間の喧騒も
もはや　我が世にあらず
意をそそることなし

栗毛の犬　老いて久しい
道行く人の　足音を聞き
フェンスを揺らした気力
失せて　今は夢の中
生涯の　己の存在は
所詮は　狭い檻の中の時めきと
それに気づくのが　遅かった
それを知るのが　遅かった
空ろな想い　夢の中

慣れ

良くないことだと
散歩の老人　つぶやく

住宅地の中　広大な私有地
その片隅に
古ぼけた絨毯　粗大ゴミ
ペコリと　頭を下げる婦人
敷地の草を取る

それから　絨毯の上に
ゴミは増え
ゴミ置き場となった
良くないことだと
住人達は清掃した

敷地は
学生や勤め人
踏み敷く道が
駅に向ってのびた

係りが　立ち入り禁止にした
騒いだ　大勢住人

良くないことだと
散歩の老人
耳をかさない住人
空しく　広大な枯野
置き去りにされた善意
慣《な》れ　狎《な》れの果て

森岡氏《もりおかし》を悼《いた》む

西風来《せいふうき》たりて　師《し》　九原《きゅうげん》へ逝《ゆ》く
他日《たじつ》の懐談《かいだん》　思《おも》い眷眷《けんけん》たり
新愁喚起《しんしゅうかんき》す　方言《ほうげん》の情《じょう》
去《さ》って再《ふたた》び還《かえ》らず　湘濱《しょうひん》の賢《けん》

会社時代の上司として、最も付き合いの長かった人。今はその消息も分からなかったが、社報で知る。

ひよ鳥

切り貼りの　ひよ鳥
日に日に　黒く輪郭を増す
たかが　ふすまの
傷隠しに過ぎない　気休めが
突然　無為の空間の中に
むくむくと　頭をもたげ
睨みをきかす

切り貼りの　ひよ鳥
深い秋の　自然の中に
新たなる　幻想の情景を
次から次へ　展開させ
限りなく　広い野原
柿の木の　まばらな枯葉
我が領域を　おう歌する
ひよ鳥は　やってくる

充たされる夢

兄弟で　ひしめき合う部屋
角型のお膳を　横に立て
跨って　自転車をこぐ
遠くへ　行きたいと

姉妹で　ひしめき合う部屋
ちびた鉛筆と　色褪せた藁半紙
書いては消す　家の間取り
玄関を入り　廊下を　こう行って
出窓がある　私の部屋

貧しい子供の遊び
子供の夢
何もない　薄汚れた部屋にも
あこがれという
充たされる
夢を追う

星の界

夜空を見なくなり
もう六十余年
夜空は、
遠く山の奥へ
去る

夜空が欲しい
赤や青の灯りの
夜の街は
よその世界の　享樂と
倒錯した夜の
果てない宴
津々浦々を巡っても
賑やか過ぎる夜は
空しい

あゝ　夜空が欲しい
銀河の真砂が恋しい
底知れぬ宇宙の中
数多の煌めきを
我が命の
昇華する界を
こよなく求める
人が恋しい

虹だ

虹が出た
夏の日の　雨あがり
都の太い鳥居《とりい》のような
その足を
田んぼに突き刺し
赤黄青紫の
天空《てんくう》の大橋

虹
偉大なる虹
自然は　人の手の届かぬ
止むことのない営みの中
かいま見せる
華麗《かれい》なる姿

虹

虹のような
きれいな心
人界《じんかい》の諍《いさか》いの
何と小さなことよ

自然に生まれ
自然の中に浴する
心豊かな気岸《きがん》
今も　きっと出ている
故郷《ふるさと》の虹

別れ

ネオン街に誘われ
しばしの間と
連れだって入る
居酒屋

少々辟易しつつ
煙草と酒の染み付いた
カウンター

もどかしい　話
飛び交う空間
それが　突然消える
彼女から写真をもらったのかい
彼が気にしているものだから

何処か　知らない人の話
唐突に　かけ回る
魂のぬけた
身体の隅に
幼い頃の写真
あざやかに去来する

煩わしく
弁解がましく
分かり合えず
夜の巷の　薄暗がり
二度と合わない
最後の別れ

　大学時代、友人に誘われ飲み屋へゆく。新しい友情と思っていたが、実はかれには魂胆があったと知る。友人関係は難しい。

奇妙な出来事

とある喫茶店の片隅
慣れない煙草
煙が目にしみる
入り浸る映画館
ダンスホール通い
不真面目な学生だと
巨勢

嫌いではない
見目麗しい女
知っているのは
恋人らしき男と
楽しげに会話する
ほほえましい風景

この出会い
煩わしく
本性を秘め合う
俺の何を知るのか
空ろな心　沈黙
暗い闇が二人を包む

坂のある街

繁華街のバス
突然　空に飛び立つ
街並　視界から失せ
大波の頂点へ
一気に　路面に落ちる

サンフランシスコ
田舎ではない　都会
路面電車　上下に揺すり
ゆるゆる行く
足をぶらぶら振る黒人
パンを噛む
のどかな　街の日和
多くの民族の集まる
平和な休息

勉強部屋

勉強部屋という部屋
特別に　隔離された
年上の　女性の部屋
東向きの窓で
母屋の　離れの片隅

見た事のないような
見てみたいような
近づけないような
暗い母屋の　土間の明り

勉強部屋という部屋
いつか　自分も
勉強部屋に　入れないかと
窓の下の　やつでの実を
摘みながら　あこがれる

田舎暮し

薄暗い　母屋《おもや》の土間《どま》
集められた　一族の慣《ならわ》し
餅《もち》を食えるには　違いないが
爺に　顔を会わせるのかと

黒い梁《はり》に吊るした　巨大な天秤《ちきり》
女共は　柱に縛《しば》ったもろみ袋を絞《しぼ》る
茶の間の主座の爺
死角を求めて動いても
臼《うす》を搗《つ》く　樫《かし》のこん棒を
持たされる番がやってくる

こんな田舎に　来るのではなかった
都会で飢えてもいい
都会で彷徨《さまよ》ってもいい

田舎の　心苦しさ
何処から　来るのか
もろみ袋のように　縛《しば》って絞《しぼ》る
嘲笑《あざわら》いそうな　空気
薄暗い　母屋《おもや》の土間に
染《し》み付いている

麗しきもの

麗しきもの　初恋
忘れ得ず　懐《ゆ》かしき
小春日の　穏やかなる野良
盛り上がる　凍土の裂け目より
薄緑の芽が　顔を出す如く
美しきもの　弱々しき愛

人　羨《うらや》ましきこととて
俄《にわか》に喧《かまびす》し
心なき　好奇心
おろかなる業《わざ》か
物騒《さわ》がしきに　心緒《しんちょ》乱れ
厭《いと》はしく
終《つい》に　畢《おわ》る日となりぬ
深淵に咲く花
いよよ美しき水を湛《たた》ふる

夜の繁華街

夜の街並が揺れている
酒場のドアから流れる
サックスの音色が　泣いている
街角の　コルネット吹き
よれよれの　ズボン吊り
黒い男　サッチモ
路地を徘徊する
小牛のような目

ニューオーリンズの場末は
貧しく　したたかに生きる
貧しいから　ジャズを生む
世界の心に響く曲

夜の疲れを癒す
憩いの音色
くすんだ楽器
夜の街並を揺らす
ミシシピー川の船から
ずっと察知する
大陸ではない　異次元の匂い

一九七七年十月（昭和五十二年）。
三十八歳。米国出張。

ある異国の一日

孤独の　異国の冬日
風もない　青空の下
馴れ馴れしく目を交わす
この国の　おおらかさ
草原を歩き続け
遥かな丘　辿りつくところ
フィラデルフィア郊外
バレーフォージの草原

中世の　大砲が数門
なだらかな丘より　見下ろす
独立戦争の主戦場
アメリカではない
昔話が　そこここにある
人が　歴史を想う時
己の足下の　どこかに
この世に送りだした
起原が放り置かれる

馬が駆け廻る草原
本営のロッジ
小さな兵舎は
あまりにも　淋しい
歩き疲れ
夕刻の陽に染まり
何時しか　人影はなく
取り残された
戦場とはかけ離れた
静か過ぎる孤独に
時は移ろう

昭和四十三年　二十九歳
瀬川氏と米国出張。休日
を利用して見学。一日歩
いても、平らな草原ばか
りの遺跡公園。こんな所
は日本にはない。特別な
場所というより、いつで
も人の営みの中に近接し
て存在する広場だ。

酒場

屠殺場の匂い
煙草の煙が漂う　大広間
ゆるゆる回転する　丸焼きの牛
大なたを振るう　太い腕
赤く映える　輝返しの炎
中二階の柱々に
眼むき見下ろす　牡牛の頭
仕事を終えた　男達
何やら　意味不明の言葉が
大声が飛び交う
真赤な血をたらし
肉を頬張る

ミズリー川のほとり
カンサスの酒場は
この町の集会所
活力を　全域にばらまく
人には違いないが
赤鬼の如く　牛を喰い
人の心を　食う
驚きと戦慄の狭間で
己の小さな胃袋が褪せ
ここは違う
ここは違うと呟く

三十歳台に米国へ出張した。窯技術会議で発表するため。川を挟んで両側に大きな都市があるのには驚いた。同時に、西部劇にあるような、まさに米国のカウボーイが、至る所にいる街だった。

田舎の町

トウモロコシ畑の
平原を割る一本の路
地平線の果てまで
伸びるところ
オハイオの西部
グランビルの田舎町
中世様式ホテル　ただ一つ
デニスン大の学生
夜更けまで　たむろする
コーニングの研究所へきた
好奇な目が流れる

赤い絨毯が
やけに軋むホール
酔いどれの　ダンス
幼稚で　微笑ましい
人情味は　いずこも同じ
学生の純真さ　若さ
田舎町の旅情懐し

人魚姫

護岸の近代化された中に
一人　取り残された人形姫
寂しいかぼそい姿
アンデルセン童話の
コペンハーゲン

中世の大国　デンマーク
繊細な情とは裏腹に
バイキングの集団が
略奪し尽くした財宝
ローゼンボール城の
ダイヤを散りばめた
王冠の数々

おとぎの国は　今も
さりげなく　ながらえる

一九七七年十月（昭和五十二年）。三十八歳。
米国出張。仕事の関係で欧州へ行く。

オーガスタ

小さな飛行機に
大がらな女　乗務員
少々　場違いと　面喰らう
客席の肘掛けに　尻掛け
太腿もあらわに　脚を組む

そうだ
この国では　電車か車なのだ
所変われば　処作も変わる
小さなオーガスタ空港
離着陸の　練習機の合間に着陸
機内は　拍手
着陸の操縦　女性だったか

サンタアナ

ヘリで行ける　という
実は　数名限度のプロペラ機
ジェットの時代
歴史の逆行
波間の小舟のような揺れに
聊かの緊張

広大な　岩壁の山の間を
左右に交わし
内臓が　とび出るような不快感と
目まぐるしい景色の壮大さに
打ち拉がれる
カリフォルニア南部　サンタアナ

メキシコ国境
荒廃した山岳とは　裏腹に
場違いに大きな
海浜の街
蟻の帝国の街
人の　無限の営みをみる

アトランタ

南北戦争
南軍の敗退となった激戦地
その痕跡はなく　人は行き交う

今は　歴史に記されるだけの
儚い思い出となった
大いなる文化は
颪と共に去りぬ

スカーレットオハラの数奇な運命
明日という日がある　と語る
戦後の社会に
多くの同情と　あきらめの悔恨が
この町の　象徴として
漂う

ワシントン

国家の聖なるもの
侵すべからざるもの
俗化すべからざるもの
その一念が　見え隠れする街
国家の起源　歴史への貢献
国民の業績を知らしめる
政治　軍事の中枢
ホワイトハウス
ペンタゴン　アーリントン
国家の大計に沿って浄化された
都市機能
民主主義は
汚れた者の手にはないのだと

ニューヨーク

ハドソン川の　船から見る
マンハッタン島は
海に浮かぶ　戦艦
林立する　建築物の重みに
越えてしまった　喫水線
沈みそうに　耐えている船
海抜　数メートル
世界に誇る　大都会は水没する
古代の歴史に　繁栄した町
アトランティス
地中海に没した　伝説の王国
奢れる者の　栄枯盛衰
その亡霊を
思い出させる　島
その道を辿っても
気にしそうもない　島

余興

この地でカラオケ
慣れない　米人
霧のサンフランシスコ
意味　不明

牧場の
テキサス北部アマリロ
底抜けに　騒ぐ
日本も同じだと
仕事ばかりの虫と
冷ややかさは　ご免
任務など　どうだっていい

今日は今日　明日は明日
そうではないかと
当惑した米人も
笑う

一九九一年十月（平成三年）。五十二歳。米国出張。

夜の国

寒い北国の　太陽はない
夜が明け　一日の始まり
午前中に夕暮れがくる

侘しいスエーデン
ビジネスホテル
バスの無いシャワー
戦後の　自家製のように
冷たく　固いパンの朝食
昼は　蒸したじゃがいも
夜は　鮭の照り焼き

夜の遊興は長い
人生観　聞き覚えの
優れてなくてもいい
皆で幸せを　分かち合い
貧しくない　平等な社会
それが　犯罪を作らず
楽しみを　大いに持てる
それが無上の楽しみ

試練

バービゾンプラザホテルの朝
渇きをおぼえ　目先に
脱ぎ捨てられた　無残な皮靴
靴底から広がる　しみの痕
干からびた　靴の変形

夜のモーターショウは圧巻
冷下二十度を超すニューヨーク
鉄板の上に居るような
凍りついた路面を　雪が舞い揚る
いくら飲んでも
飲んだ気がしない
慣れないバーボン

どこを　どう歩いたのか
かくも　無残になろうとは
さて　どうするかと
海外の　最初の試練

旅立ち

並んだシートを　ベッドがわりに
横になっても　頭は冴える
深夜のフライト　北極の上
窓外は　化け物の衣のような
オーロラが　飛んでいる
何もかも　真っ白な平原
フェアバンクス　アラスカ

アザラシの　毛皮のマスコット
大柄な　愉快な外人
横で耳をそばだてても
聞き取れず　打ち拉がれる
初めての　外地
好奇心なんぞ　吹き飛び
先々の　出来事の重み
空港の　雪の上を歩く音が
ギシギシと鳴る

ボストン

父親がいる頃
絵本を開くと　犬が立ち上がる
ボストンの街のブックショップ
その絵本を見る

ブックショップは
この町の　顔　人情
この町の　豊さや興味を教える
どんな合理化や　近代化があっても
時代に　逆行するような
懐かしいような
歴史のふるさとが　この町にある
ヨットとボートの設計図本
子供の絵本を買う
何時の日か
己の余暇を楽しめる日もくるかと

ディズニー

遊園地は　子供の遊ぶ
親子連れの　賑わいのあるところ
気休めと　好気に誘われ立ち寄る
ロスアンジェルス　郊外

大人は　働きずくめで遊ばない
ごく普通な　社会の道徳
休みは　次の活力を養うもの
・・と思っていた
この常識は　あやしい
大人が子供になって
大声で遊ぶ

北欧の人

地球の裏側から運ぶ製品に
何故　我が製品コストが及ばないか
一日働いても
給料の殆どが　持ってゆかれ
タバコ銭にしかならない
工場長が　赤い顔で怒る
スウェーデン・アセア
事業所のひと時
作業場の　ど真ん中にキオスク
労働組合事務所
どうにも
理解に苦しむ事業の管理

だが　どこか優雅な
ゆったりした　穏やかさ
労働が社交場の　賑やかさ
人生の価値観か
世界と戦う　企業戦士は
一部の人のみで十分と
よそよそしい
人々の群れ

春日より

うららかな　春日より
人の群れは　北をめざし
杖を引く　老人は
独り南へゆく

そよ風　暖かく
花びら　飛ぶ
垣根の木瓜は　赤く咲き
気ままに　時めく
老犬の　歩み進まず
太った腹巻の　汚れ憐れむ

置き去りにされた　時間
放置された　空間
ただ　独りぼっちの
うららかなる　春日より

老化

朝　蒲団から一歩を踏みだす
股関節　痛み
壁沿いに歩く
老人の歩きか
老人は　何故　足を上げずに歩く
子供の頃から　考えていた
無ざまな格好は　見目が悪い
あの姿には　なるものかと

秋の日の午後
乗合バスの　停留所へ
祖母の手を引く　その重みに
早く早くと　引き摺る
悲鳴を上げる　下駄
見られる　恥ずかしさ
身体を熱くした
祖母の　無関心さが
ただ　煩わしかった

独りになった時

独りになった時
人は　動物園の熊のように
部屋の中を　歩き回るのだろうか
あてもなく　路地を歩くのだろうか
伸ばしても　伸ばしきれない背筋
しょぼしょぼと
行き交う人々の　無関心の中

独りになった時
酒を　飲むのだろうか
古い　ギターを弾くのだろうか
昔を懐い　詩を書くのだろうか
老後の三友は　あるのだろうか
人が　自然の中で生きた頃
限りない郷愁と　安堵のやすらぎ
その境地に　なれるのだろうか

独りになった時
待ち遠しい　遠足のように
カレンダーの　一日一日を消す
その一日は　日常の消化に過ぎず
Xデー　の訪れを待つ
人の世の　あまりにもあっけない
長いような　短いような　迷走

暗転

セントラルパークの
メトロポリタン美術館
充たされた　世界の名画を観る
大サイズのコピー
二十枚余りを手にし
意気揚々　市バスに乗る

正面の席に　赤鬼のような老人
無礼の覚えはない
何やら　小言を言っている
周りは　知らぬ顔
アメリカの老人達は
日本と戦った
その憎しみが　まだ痛むのか

戦争の記憶はある
喧嘩両成敗の概念は
一人よがりと言うものか
被害は双方にあるという
ふつふつとした怒りの
暗転になる

ある五月の日

五月の雨　激しく
夜の路を打つ
視野　ますます狭く
忙しない　ワイパー
行き交う　車のライト
建物の灯り

分かっているなら見直しなさい
答案用紙につけられた
朱筆のペケ
うん　と言い
見直すなど　さらさらない
答えのひらめきは
煩わしさの　くり返し
直感を確かめる賭け
確信の究極

老いた母の
整然とした孤独と
己に纏わる
ほろ苦い悔悟と
迷路の心
虚脱空白の中

雨去り
ワイパーは緩やかに
路傍の視野広がる
己の忘れ置いた過去
新たなる思いで
アクセルを踏む

故郷の近くへ戻ると、何故か、しばしば遠い思い出がでてくる。今に生きていても、いつも過去に縛られているのが人生なのか。

弱き者

肌寒い　北風の中
消石灰の　白い粉を散らし
畑に鋤き込む
その刃先に　削ぎ落された　蛙の頭部
空を切る手足
救いようのない　憐れみと　残虐の悔悟
もう止めようと　ゴム手を抛る

岩石と　褐色の砂埃り
次々と掘りあげられる　髑髏
無抵抗の人々は
何も知らない夢の中で
理不尽な論理と　侮蔑の重機で
粉砕された

生きるに　関わりない世界の
自然の　共存を許さない矛盾と
飢えても存続し得た　部族の悲鳴
関らないでくれと

種族の戦い

早春の肌寒い朝　掃き清めた庭先
撒いたパン屑
ずんぐりの　二羽のむく鳥
程なくまた　二羽のむく鳥
庭いっぱいに　闘争
勝負はつかず
他の二羽は　食に余念がない
細身の大きい　ひよ鳥がきた
小きざみに　羽を震わすこけ脅し
三者の争いは　果てない
ひよ鳥の　大きな嘴は
散在するパン屑を　さらって逃げる
生き物の　繰り返す闘争の典型
有史以来の　生き物の　崇高な戦い
止むことのない　果てしない戦い
その戦いは
如何なる統制をも　受けない

遺伝子

青空に　役所の拡声器の声
　本日オレオレ詐偽の
　電話がかかっています
　いつものことと　囁き合う

二千年以上　紀元前からの習性
巧言　盗言と云われ
嫌われながら
子孫へ伝わる　遺伝子
それは
我々が死に絶えた
二千年の未来になっても
　詐偽に注意して下さい

大衆がいがみ合う
撲滅し切れない　密やかな
偉大な遺伝子

夕立

眼も眩む　閃光走る
　一、二、三、四・・
轟音　地面を揺らす
雷雲　頭上に来る
最後一部の　夕刊配達
部落外れの一軒屋
大粒の雨　渦巻く風
蛇の目傘を　すぼめ
摺り減った　下駄
砂利道　流れる水の上
波間の小舟の
しぶきを上げる
神のみぞ知る　命の試練
果さねばならない　日常

暑い夏の午後
決って起る　自然の脅威
何度も
まだ生かされる
価値ある自負を
胸に秘めながら帰る
田舎道

夏の筑後地方の一日の気候変動は、極めて明確である。夏の太陽は午前からジリジリと強烈な暑さをもたらす。その結果、入道雲が沸き上がり、夕刻には、空一面が雲に覆われ、激しい雷鳴と共に、大雨が降る。二時間ほど後は、大きな虹が出る。夜は快晴で満天の星空となる。

安土城跡《あづちじょうせき》

遥《はる》か見る　西方《せいほう》　比叡《ひえい》は霞《かす》み
湖水《こすい》　南方《なんぽう》　朝都《ちょうと》へ上《のぼ》る
白波小舟《はくはしょうしゅう》　連珠《れんじゅ》の如く
眼下翩翻《がんかへんぽん》たり　雁《かり》多数《たすう》

足下《そっか》の苔磴《たいとう》　此《こ》れ本碑《もとひ》
天下布武《てんかふぶ》　我欲《がよく》を制《せい》す
金閣《きんかく》は萬邦《ばんぽう》に　威知《いし》ろしめし
英雄《えいゆう》　天を仰《あおぎ》て　社稷《しゃしょく》を問う

別れの日

それじゃまたと
別れの日
何時かは会えると
晴れがましく
期待に膨らんだ
中学卒業の日

十年前
靖国で会おうと
国を出た
若者たち
祖国を守る勇気と
あの世を信じて
疑わない
熱い心

そして老いた　七十年
古い竹櫛の歯
別れる日も定かならず
薄呆けた
心の決別さえ出来ぬ
よれよれの　別れの日
次世の希望を信じない
哀れな
別れの日がやってくる

クラブ

煌びやかなドレスの
女たちの　周回するクラブ
学生と思しき娘も交る
社交ビジネスの広場
将候達の　闇闘と同盟
虚勢と情報の渦
妖艶な偽装　権威の値踏み
飲んで　身は覚束なくても
脳は　うらはらに冴える
時折　響くサックスは
悲鳴を上げて　鳴りわたる

避けては通れない
制御し尽くさねばならない
中世の社交のような
慰安とは　程遠い
仮面によって造られた宮殿
いそいそと　寄りそう女たちの
心が寂しい

懐い出の歌

桜花咲く　校庭の
いがぐり頭の　俺達に
本を読め　と言っていた
大人たちに　報いよと
心新《こころあら》たに　ただ一途《いちず》
貧しい故郷《こきょう》をあとにした
ああ　昭和育ちの
淡い懐《おもい》の　侘《わび》しさよ

足もぐらつく　茶ぶ台の
貧しい皿の　ひと盛りに
もったいないと　言っていた
国のためなら　我慢だと
心新《こころあら》たに　ただ一途《いちず》
そのうちきっと　豊かにと
ああ　昭和育ちの
淡い懐《おもい》の　侘《わび》しさよ

愛《いと》しい女《ひと》の　面影《おもかげ》を
人知れずと　胸に秘《ひ》め
恋は情けと　言っていた
情けあれば　分かるよと
心新《こころあら》たに　ただ一途《いちず》
懐《おも》い続けた　年月よ
ああ　昭和育ちの
淡い懐《おもい》の　侘《わび》しさよ

仕返し

乗合バスがくる
初夏の雨あがり
暑い日差しの中
水溜まりを伝い
歩く　下校の砂利道
いらいら走る　木炭バス
太過ぎるバス
知らぬ顔で　水を跳ね上げ
子供を　追い払う
ねずみを追う　太った猫へ
バス尻の空気扇
回して逃げる

いやな奴に
これ　愉快な遊び
殴られた奴の　仕返しと

午前四時の夢

蒲団のような　雲の行くへ
青い空
足もとの　ボールを蹴返し
誰も居ない
取り残された屋上　時は移ろう
階下に
親達の意味ありげな目
何処へ行ったか
知合いに　会ったか
手の温もりを　残して
消えて　居なくなった人
外は　大勢が行き交う
そこへ降りよう
待てば　日暮れには
また逢えるかも知れない

過保護

庭先のパン屑を
雀の親子が　啄ばむ
寂しい　穏やかな日
二羽の子雀
小粒な餌を求めて食べる

親鳥が口移しに餌を提供した
それからは
子は親に擂り寄る
ことしかしなくなった
明日にでも親は居なくなる
かも知れないというのに

四十になる　独り身の息子
サラリーマン
行ってらっしゃいと
弁当をもった母親が
駐車場へ見送りに出ていた
そのような
ある朝のひと時のこと

破壊された日

庭樹にはない
ナラの大木のある家
人の気配　途絶える

色褪せた合板壁
赤錆で破れる　スチール倉庫
蔦に覆われる　車
傾く　ブロック屏

鳩は
　シヨウチユウハ　スッカラカン
　シヨウチユウヲ　モッテコイ
と呼びかける

ブルドーザがきた
何もない敷地に
鳥や虫の住人共は
もういない

梅雨の　中休みの日
田んぼの畦を
蛇がのろのろと這っていた

三隈逍遥《みくましょうよう》

底霧《ていむ》　僅《わず》かに覆《おお》う　對岸《たいがん》の街《まち》
水面《みなも》灩灩《さんさん》たり　三隈川《みくまかわ》
孤翁《こおう》の釣竿《ちょうかん》　未《いま》だ揚《あが》らず
川流《せんりゅう》の河畔《かはん》は古今《ここん》の夢《ゆめ》か

彼岸《ひがん》の燈火《とうか》　既《すで》に衰《おとろ》え
潺潺《せんせん》たり　碧山《へきざん》の春水《しゅんすい》
晨起《しんき》したるや否《いな》や　閨中《けいちゅう》の姝女《しゅじょ》
一朝《いっちょう》の恵風《けいふう》は　再《ふたた》び來《きた》らぬものを

平成二十七年　第十七回　六一会
中津三隈川岸のホテル亀山亭。早朝に散策を行う。

孤独

初夏の風　穏やかに
行く人なく
空白の　静けさ
人も　草木も
置き去りにされた
忘れ物のように
見る人も
知る人もない
無人島の世界

孤独は
このような暮らし
花に心を寄せても
答えてはくれない
ただ　生きている
懐いだけが
吹きぬけてゆく

哀れな習性

混雑を　避けるため
指定時　来場案内の
この一行は
後期高齢者向けのみ

時間は　誰より早く
終りは早く帰る
と教わった老世代
時間の　浪費が見えぬ
哀れな　老人の習性

指定時間
人は　手続き済
次の時間帯も
大勢待っている
この世代　今でも
引きずるか　食糧難
戦後の貧困な心

午前中の人生

窓　明るく　起きる
日経紙を読む
体操をする
朝食後　パソコン前
たまには　庭の手入れ
畑仕事に気を配る

かつての暮らしからの
脱落感も
違和感も凌ぐ
社会人の証がある

午前は人生の遺型
には違いない

午後の時間は厄介だ
何に働きかけ
やってみるのか
あらゆる興味への試行は
やり尽くす
能力　体力　精神力
出払った後の最終章は
残り少ないページとなる
その一ページが
日暮れと共に
めくられる

すれちがい　二

あなたには
バラ色の未来があるのね
すばらしいじゃないの
あなたの心のお友達として
邪魔にならず　祈ります
丁重な言葉が
空々しい

女の心が　読めなかった
隠れた心が　遠くをさまよい
女の控え目な心が　読めなかった

男は空しく　旅に出る
過去を忘れる　旅に出る
臆病な己を　偽る旅と知りながら
己を苦しめる

一つの分かれ道を過ぎ
それは　引き返しても
誰も　何もない空虚
ただ　次の曲がり角の
淡い懐いを心に　歩く

邪魔にならぬよう
その言葉を　訝しく
何度も　反芻しながら

ダンス見習い

背中を引っ張らないで
と言ったのかと
思ったそのあたりから
気がすさんだ
工事中のビルの空部屋

ダンス教師は
変わり者　独り者
パートナーは　重い女
指がめり込み
でくのぼうのように
および腰で
前進をはばむ

淡い陽の映る床
窓外の防災ネット
ちぎれそうで
小さいステップを刻む
ラジカセの音質は枯れ
足摺りと
周りのざわめきに
脳蕊は白ける

学生時代の青春の一コマ。

誰もいない部屋

テーブルの上の
一個のみかん
掴んではまた戻す
年寄に糖分はよくないと

戸棚の菓子を
一個だけならと盗み
理屈を考える
子供染みた心のようだと
遠い記憶の中

テーブルの上
盛られて残った
一個のみかんは
平らげる
強欲を避ける
最後の砦か

何度も握られた
皺と脱水症状
寂しく憐れな
母親のためらい傷か
時代の遺した
哀しい節度か
薄暗く冷え冷えとした
誰もいない部屋
思いの染みた
遺跡のように

母親一人住まいの家へ、年に何度か滞在を心がける。

母親は、大正生まれだから、当時の社会習慣が、女性の遠慮や行儀として染みついている。現代の無意味な行動認識の齟齬がそこにある。

夏の懐い出

その娘は　小さなお盆を
捧げ持ち
母と私にお茶を出す
よそよそしい
四年の歳月

防空壕で
避難した　あの日の出来事
遠く　異質な世の幻想
何を語ればよいのか
暮らしの激変
共有を　失った心

楽しい日々
買い物に出るように
突然の離別の終始を
求めた出会いはもどかしい

言葉は　見付けられず
永遠の　決別の
さまよう体内に
深く沈積した

夏の太陽は眩み
埃り立つ小道を
黙々と歩いた

昭和二十年　福岡市の空襲により、西公園の荒戸町内は崩壊した。特に近所の国崎家との付き合いもなくなった。母と二人で、此処を訪れたのは四年ぶりだった。

紫陽花の季節

雨と共にくる
紫陽花の季節
雨にうたれた花
みずみずしい

透き通った皮膚
静脈が浮いて出る
カメラは　接写し
老女達は　絵筆を持つ

雨去れば
うるおい去る
人通り絶え
花終る

紫陽花は
花は縮み　色褪せ
それでも立って
容姿崩さず

立ち姿　衰え
枯れ果て
骸骨のように
見る人なく　立つ
他と違うと言い
立っている。

見えない破壊

コンクリートの道路は
端正な　制服
網目を広げ　豊かな
存在感の充実は
自然の価値を破壊する

橋の手前を入れば
水路を背にした家並み
　がある筈だった
部落は消滅
白壁の屋敷一つ
道路に孤立した

古い調度品は　忘れ去られ
川の恵みの　瑞々しい精気は
どこにもない

古い物を脱ぎ捨てることは
古い中に生きた魂も捨てる
その価値を
どう探せばよいのか

波止場

暗い道を　さまよい歩く
遠くを　みていた
夜の　三浦の岸壁は
漁師の影なく
放置された車と
漁網の匂い

コンクリートの防波堤に
屋根だけの建屋が連なり
積んだ木箱以外は
何もない

何故にこの海辺なのか
誰も知らない逃避
ビジネスの
空白を埋める

潮の響きは絶え間なく
麻薬となり
やすらぎとなる

心の旅

旅は詩
人であれば
旅は　目新しく
詩になる

旅は詩
旅がなければ
詩もない
書きたい
心が動かぬ

旅は詩
人生に倦んだ
老人は荒む
旅をしたい
そして詩を書く

旅は詩
書きたいから
旅をした

旅をする
旅は詩だから

二日酔いの朝

同僚と飲んだ二日酔いの朝
浴衣のまんまの俺を　訪れた男
　親しい友達である彼が
　彼女への接近は不義ではないか
　　そうは思わないかい
しばしの時は移ろう
飯台のビールの泡は
消えてしまった
第三者の者が
第三者たり得ないのか
そして　この俺は
どこに置き去りにされているのか
二日酔いの朝
全てが　遠くへ去るなか
蝉の声は
暑い夏の訪れを鳴らしていた

暑い日

暑い日は
扇子を片手に
両足を机に載せ
ゆるゆると風を送る
空調機がないではない
空調の部屋は
背中を追立て
どうにも窮屈な
世界
自然の中で
攻められる苦しさに
暑いと言う
それが生きている証
かも知れない

夏の暑さにもかかわらず、空調を行わない。それを、皆に笑われる。

私は、どんなに汗をかいても、それが夏であることの実感を確かめるのが好きだ。子供の頃冷房などは無かった。そのような環境が、今でも心にある。それが夏だ。

勝ち負け

勝ちたいと思っても
みんなが勝てるのではない
勝ち負けは　半々
みじめな　負け組でも
負けには負けの
挑戦が残る

戦後　一挙に凋落した苦しみ
同時に　奪い切れない程の
新たなる資産を
貪欲なまでに追求する
機会や生きがいを得た
勝者が　決して得られない
動機と共に

ただ一度の手紙

ただ一度の手紙だった
蒼い空に浮かんだ雲のように
のんびりと
もどかしく　掴みきれない
通り一遍の　ご挨拶のような
ただ一度の手紙だった

心の襞に沈み
もがいても　這い上がれない
そんな　危惧が去来する
これがお別れなのか
いや　どこかで生きている
知っていてという
その訝しさが　長患いとなり
何の答えをしないまま
無為な月日は過ぎていった

ただ一度の手紙は
本当は　今の世ではない
ずっと超越した
心の愛だったかも知れない
だから
どんな自分であればよかったのか
それは今も　深淵な湖を見つめ
浮んだ一艘の小舟のまま
無為に漕ぎ続けている

お互いに有益な付き合いをしていても、いずれ終りがくる。仕事と人間愛の境目は複雑なのだ。

何か違う

何か違う
それをはぐれ鳥というか
幼稚というか
面白くない
そんなの関係ない
俺の好きな事をして
どこが悪い

パンツの尻は垂れ
ガニ股の若者は群れる
マスコミの　語りは紙芝居役者
周りをはやす　ピエロタレント
浮浪者でもない
やくざでもない
左翼ゲリラでもない
漫画の世界に居るような
何か違う繁華の街

こぼれ落ちた　人の情
海の向こうは　徴兵
気に入らず
そして徴兵はご免と
旗棹を振る

秋思

影をひきずる男は
影踏みに追いかけられ
影につきまとわれるを
嫌悪する
影を失った男は
不安に駈られ
影を探し続ける

物書きには
影などどうでもよい
大海に乗り出すように
未知の世界は
広く遠いものだが
時代の波は　意外に早く
もうすぐそこに来ていた

影は
やはり追いかけて来ていた
やってきた道をついてくる
もう一歩　先へ進もうとしても
鎖のように　重く引き戻される
物書きとは何だと
もう一度　影を凝視する
どこかに　過ちはなかったかと

影とは何か。各々の人生の中にある。

幻影

汚れた文庫本の染み
枯れ木のように
色褪せたページ

ふるさとの　お宮の裏
折れた　やまももの実
色あせた　くま笹
何もかも枯れ果てた
人里離れた　午後
一人ぼっちの日

福岡県三潴町一丁原。終戦から住む家もなく、田舎の親戚に厄介になっていたが、中学から高校時代にはそうもゆかず、借家に移った。お宮の社務所だ。（写真の左端）そこでひとりで勉強した。周りには何もない。

災害《さいがい》

黯雲《あんうん》低《ひく》く陰雨《いんう》衰《おとろ》えず
河邊《かへん》の民家《みんか》将《まさ》に流出《りゅうしゅつ》せんとす
高層《こうそう》の構造《こうぞう》　忽《たちま》ち壊毀《かいき》
国土《こくど》の荒廃《こうはい》　天地《てんち》の變《へん》
一度《ひとたび》の地殻揺動《ちかくようどう》もまた然《しか》り
列島《れっとう》　地盤変容《じばんへんよう》を促《うなが》し
北《きた》は旭岳《あさひだけ》　噴煙激《ふんえんげき》し
浅間《あさま》　箱根《はこね》　三宅《みやけ》は吠《ほ》え
御嶽《みたけ》の灰《かい》は数十人《すうじゅうにん》を埋《うず》む

南《みなみ》は阿蘇《あそ》　桜島《さくらじま》　雲仙《うんぜん》
家屋《かおく》を揺《ゆ》るがすこと頻頻《ひんぴん》
驕《おご》ること勿《なか》れ　人事《じんじ》は瑣事《さじ》
天然《てんねん》の活力《かつりょく》　未《いま》だ制御《せいぎょ》能《あた》わず
唯《ただ》　低頭《ていとう》して威厳《いげん》畏《おそ》るるのみ

栗毛の女

どこの誰かは知らないが
赤いドレスの栗毛の女
タンゴ激しく　身を責める
何か想いを　振り切るように
銀杏ドレスが翻る
青いライトの　フロアのなかに
暗い音色がしみわたる

どこの誰かは知らないが
赤いドレスの栗毛の女
タンゴ侘しく　背を反らす
今夜の想いを　ぶつけるように
長い栗毛をなびかせる
暗いフロアの片隅に
せつなくあえぐ黒い影

ああ　あの夜は霧
霧の舗道に　靴音を
タンゴを踊ると言った女
青いネオンに横顔が
むせび泣くよな　古街通り

大阪市梅田に、「ワールド」というダンスホールがあった。

夏の終わりの雨

夏の終わりの雨は
夏の終わりを告げる
そう　もうこれまでと
全てをご破算にする
夏の終わりの雨は
暑く燃えた　一ページの出来事を
容赦なくめくり
時は移ろう
あらゆる生き物の　新陳代謝
自然の終焉にも似た
日月の寂しさがやってくる
夏の終わりの雨は
遠く長い旅へ誘い
その空虚さは　伽藍となる
そして雨の激しさは
何時か　静かに変貌してゆく

学生時代の夏は生きている。しかし、それも一時期の余興に過ぎない。それを思えば思うほど、心は空しくなってゆく。

名護屋城址

渺渺《びょうびょう》たる海涯《かいがい》　白涛巌壁《はくとうがんぺき》に寄《よ》す
玄海《げんかい》を見下《みお》ろす名護屋城邊《じょうへん》
寂寂《せきせき》として人影稀《じんえいまれ》なり
路傍《ろぼう》の石墻《いしがき》は古《ふる》び　遊子《ゆうし》悩《なや》む
国家《こっか》の存亡《そんぼう》　二千歳《さい》
太古《たいこ》は白村江《はくそんこう》の戦役《せんえき》
倭寇《わこう》　元寇《げんこう》
脈々《みゃくみゃく》たる国家威信《こっかいしん》は
巨大《きょだい》なる城塞《じょうさい》と武将《ぶしょう》の結集《けっしゅう》
文禄《ぶんろく》　慶長《けいちょう》二戦《せん》　財《ざい》を殲《つく》す
哀《あわ》れなるかな二十萬の兵士《へいし》
悉《ことごと》く没《ぼっ》せり
足下《そっか》　城址《じょうし》の砂礫《されき》

辿《たど》る小径《しょうけい》の樹木《じゅもく》
累々《るいるい》たる石磴《せきとう》は　昔《いにしえ》への影宿《かげやど》す
人《ひと》の愚《おろ》かなる直向《ひたむき》なる志《こころざし》
想《おも》い萬緒《ばんちょ》　泬寥《けつりょう》に絶《た》えず

老後のひととき

薄い煙草のけむりを
目で追いかける
春の午後の陽だまり

川端の屋台の
焼き鳥の匂いに
すすむ地酒

世は穏やかに
老衰のなか
ゆきずりの情け
さりげない
出会いのなか

恋しさ

煙草が欲しいわけではない
酒が飲みたいわけでもない
それでも
酒・煙草がなくなると
泣きたいほどに恋しい

人も居なくていい
愛もなくていい
だけど
そばに人が消えてしまったら
どうしようもなく
寂しい
それが分からなかった

雑草の中で

一面の雑草のなか
植えた野菜は生きた
枯葉のなかに
わずかばかりの
新芽が生きていた
虫や病害に堪え
生きていた

いつのことだろう
山椒のように
小粒でもピリリと辛い
雑草のような　人になれと
手助けを求める
でくのぼうにはなるなと
野菜の本当の姿は
でくのぼうではなかった

小さな光沢をたたえる
玉ねぎも　硬い皮に覆われ
トマトの小粒も
雑草に負けず　子孫を残す
大きいものへと
なびく中で

人への愛着

小さな美しいこころだった
それがあることすら　忘れられていた
好ましく　時折り去来する
やさしい　無償のこころ
赤や黄色の　大きな花びらでもない
愛や恋という　言葉のものでもない
いつか世塵の中に
忘れ去られていたもの
子供の頃のどこかで
住みついた
ふるさとの　懐かしい思いに似た
美しいこころ
郷愁の　偉大な正体
それが　人の体のどこかに
ひそんでいた

改めて
少しだけ顔をだしてくる
それは
小さな美しいこころだった

海舟樓《かいしゅうろう》

汐《しお》與《と》魚熏《ぎょくん》　海濱《かいひん》に漂《ただよ》い
西風一箭《せいふういっせん》　思《おも》わず軀《からだ》を縮《ちぢ》む
烏賊《いか》の白《しろ》きは恰《あたか》も水晶《すいしょう》の如《ごと》く
呼子《よぶこ》舊情《きゅうじょう》　海舟《かいしゅう》の樓《ろう》

ある日の午後

皺深い　日焼け顔
うつろな目で追う
太陽は柔らかい　冬の午後
昭和の町営住宅は
小さく錆れ
枯れた蔦が
西向きの　小さな窓を覆う
所在ない　老爺の日課
入口のドアにもたれ
折りたたみ椅子に
もう一ときも　動くことなく
路地を見つめる
狭い汚れたねぐらから
少しでも解放され
少しでも世間に触れていたい
そして
ほんの昔の面影を
探し続けている

散歩道の通りに、一人住まいの老爺のみのみすぼらしい家がある。古い人間は、物を捨てない。それが、家に溢れ、恐らく住めないのだろう。そして、数年後その人はいなくなった。今も、家の周りは家財の山で埋もれている。

再会の日

時代を飛び越えた　出会いだが
あの時代は　生きていた
役者が　楽屋で化粧を落とし
何もなかった　己にかえるように
貝はすばやく　口は閉じる

あの時代の魂は
何十年も積もった　滓のように
途方もなく　巨大な氷山のように
手が付けられない
踏み込めない　所となっていた

再会は　呆然自失のなか
行燈のような　灯りと
薄い烟の漂う　スナック
国道の車の　ひびきだけが
体のなかに　渦を巻いていた

記憶の何処かにはあるが、二度と戻らない、戻る筈もない出会いもある。何をすべきか。時間ばかりが経つ。

すれちがい

大人になった　久しぶりの会話
その人の言葉の中に
何もなかった
楽しい笑顔で　はずんでいたが
何もなかった
それがどうして
あの手紙になるのか

人の心を　読めたはずが
読めなかったのか
読まなかったのか
どうなっていたのか
わからない
永久にわからない

お前は　人の心が読める
祖父がつぶやいた言葉
それが　ずっと去来していた

社会人になって間もなくの頃、突然頂いた便りだった。

人は、その時の価値が分からぬままに、その行動は、その時限りのものになる。その意味が、どれ程のものなのか分からずに。

後になり、その時の大事さが分かっても、それはもう事態の動きに取り残され、新しい次元の中にある。

尤も、それだけの価値に過ぎなかったことも
また大事な啓示かも知れない。

廃屋

跡形もない　小さな敷地
集落を支えた　井戸
そのすぐ向うが　雨水路
家屋は
その間の狭い域
初めての
自分の家らしい　間取りが
こんなにも　小さなものか
家族も　友人も
何人もの人が
茶台を囲み
歌をうたい　ギターを弾いた
祖母の　細い目が笑っていた

その部屋は
本当は
何処にでもあるような
わずかばかりの
空間に過ぎなかった

三潴町大犬塚、当時は新築の住宅だった。大学の夏休みになると、帰って土地の友人達と酒を飲んだ。

それらの住宅が、今、全て壊されて更地への復元が行われている。わずかな心の痛みがある。

自我の目覚め

あの素足の行軍は
暗い　後悔の中の　決断だった
それは　静かな池に　石を投じる
突然に　揺れた決断
それは　パルチザンの抵抗にも似た
不屈な意志だった

放課後　幸運で手にした「小公子」
読み更けて
教室は薄暗く　誰もいない
置き去りの　侘しさ
だが　そこに履物なく
整頓の空虚な　消失感
孤島に立つ　主人公の暗転

冬の日暮れ　校門に舞う雪
誰か遠く　追いかける声
心の石垣　崩壊を恐れ
足袋を鞄に　素足
ひたすら走る
台所の暗闇で　洗う足
祖母　黙して湯をそそぐ
涙　遂に固まる

小学六年生時の冬。友人達との
人間関係が始まっていた。

習性

今回は絶対だ
熟考した戦いだから
即応はしない
意を　固めていたが
いつの間にか
その心は失われ
己の領域は　無くなっていた

何故　奪われるのか
何故　誘われるのか
体の中の　奥深いところに
己ではない　精霊が
動いている
鞭打たれながら
変わらない空間を

迷える羊

あいつ達は
何処へ行ったのかなあ
帰ったのかなあ
やっぱり家がいいのかなあ
先生
連れ戻しておくれよ
その内　一緒に居れば
いいことだってあるのになあ

平成二十八年　第十八回　六一会　柳川

待ちぼうけ

舟はのんびり　橋の下
待ちぼうけ　待ちぼうけ
旋律外れの　唄にのり
棹さす川面の　波紋ゆく

あれは　遠い母の声
焼けたたたみの　昼寝どき
はずれ　はずれて沈む唄
どこかゆかしき　哀しみが
誰か何かを待っていた
今日は今日はで　待ちぼうけ

平成二十八年　第十八回　六一会　柳川

からたち

鄙《ひな》びた路地《ろじ》の片隅《かたすみ》に　緑《みどり》なく
乾《かわ》いた　長い針《はり》の　前衛挿花《ぜんえいそうか》
あかい夕陽《ゆうひ》に　金《きん》の実《み》を鏤《ちりば》め
老骨《ろうこつ》　歳ふりて　容姿《ようし》傷《いた》む

小虫《こむし》の飛《と》びかう　夕まぐれ
幼子《おさなご》の　裾《すそ》にかかる　柔《やわ》らな針《はり》
しめやかに　苦《にが》く薫《かお》り
垂《た》れ落《お》ちる　若葉《わかば》の露《つゆ》

からたちは　気高《けだか》く
からたちは　愛《いと》しい
移《うつ》りゆく　時遥《ときはる》か
からたちに寄《よ》す　淡《あわ》い想《おも》い

平成二十八年　第十八回　六一会　柳川

急がないで

半開きの　あなたの席の椅子
テーブルに落ちた　パン屑も
まだ　拭かずにいるのに
去っていった
忘れもの　それが何かと　言われても
その何かが　見えない
急がないでくれ
影が遠くなる前に
見過ごしては　行けない者たち
急がないでくれ
綺麗に　箱に心を　しまわなければ
あなたに　付いてゆけない
ゆっくり　歩いてくれ
一緒に　行かせてくれ
昨日は　何処かへ　消えていった
時よ　急がないでくれ

のろい生き物

青虫と　みみずが
朝の　舗装道路のうえを　這っている
遅れてしまった　道を這っている
耐えきれなかったか
躊躇したのか
あわてても　はかばかしからず
憔悴した体は　限界かも知れないが
青虫と　みみずは
まだ這い続けている
見通せなかった　時の速さを
悔いても　戻ってはこない
前に　打開策があるのか
後ろに　執着するのか
のろのろと
のろのろと生きる

遠い道のり

何かに　頼ることもなく
頼られることもなく
ただ　ふわふわと
道をたどる
午後の太陽は　既に傾き
この行く先に　あるものは
田舎の　どこにでも見る
道であり　道ではない道

考えることも　決めることも
いつか　躰の四方から　抜け落ちた
砂利に　張り付いた　草かげから
小虫は　迷惑そうに　飛び立つ
世の騒乱に　関係ないと
行きたければ　行けばいい
この行く先の　不安
誰が通ったか　微かな轍
それも今は　痕跡すら消えた

誰もいない

誰も居ない　真昼の午後
車の通行も　途絶え
やることを　全て終えた時
魂が　部屋のなかを泳ぐ
こちらの岸から
あちらの土手へ
何故か　体は浮いている
なま暖かい　布団のような心地が
何もしなくて
ただ浮いていれば
いいじゃないかと誘う
一発の銃弾が　脳髄を貫く時も
このような　穏やかで
空虚な　世界になるのか
ちょっと　そこらの散歩のように
空虚に　なるのだろうか

偶成《ぐうせい》

降りそうで降らぬ　雨模様《あまもよう》
梅雨《つゆ》は　女《おんな》の　想《おも》いのように
鬱々《うつうつ》と　待っている
水《みず》さえない　田《た》の蛙《かわず》らは　声《こえ》をたてず
時折《ときおり》　くいな　鳴くのみ
宵《よい》の詫《わ》び住まい　うちわを揺《ゆ》らし
麻布覆《あさおお》いの　座布団《ざぶとん》
さりげない　肌《はだ》ざわりが　微《かす》かに心を洗う
時折《ときおり》の　霧雨《きりさめ》
葉影《はかげ》の　雨乞《あまご》い小蛙《かえる》が　意を得て騒《さわ》ぐ
世の全てが終る　時の哀《かな》しみが
もう一度　呼び戻せないかと
もう一度　戻れないかと　声《こえ》を震《ふる》わす
所在《しょざい》なき身《み》の　後懐《あとおも》い

偶成《ぐうせい》

歳《とし》は過客《かかく》の如《ごと》く駐《とどま》るを知《し》らず
容姿紅顔《ようしこうがん》　見《み》るに堪《た》えず
君《きみ》　昔日《せきじつ》の情《じょう》　果《はた》せしや否《いな》や
喜寿《きじゅ》の美酒《びしゅ》　未《いま》だ極《きわ》まらず

平成二十八年　第十八回　六一会　柳川

お盆の日

電車の　線路に沿う小道を歩く
途切れた道を　迂回して　二駅を歩く
病院の母に会う
会話もせず　偶像を見るだけに
己の空白の　片隅を　求めて歩く
祭壇に　安置した遺骨も
仏壇の扉の中の　位牌も
母の姿にはならず
ただ　欠かせない生活の場所を
確かめたくて
夏の暑い日を　歩き続ける
持ち物が　移ろう間に　消えてしまえば
生きてゆけない　心の片隅
そこに　安置された　母というもの
ただ　それが気がかりと　思い歩く

　死期が目の前にあるのを知りながら、病院へ、毎日一時間の距離を歩き続けた。
　そして、その死後も歩き続ける道が、同じ方向にあることを思い知らされた。

友人達

もう会わない
かかわりをよそう
ただの　いきがかりに
過ぎないことが
繋がりの　一本の糸の切れ目
何十年
両手に余るほどの
その糸の切れ目が　広がっても
まだ繋がっていた

繋がっている　網の目が
ボロボロになる時
その　あまりの大きさ　酷さは
もはや
繕っても　繕え切れない

人が恋しくても
懐かしくても
崩れ去ったものは　直せない
過ごした年月は
元へもどせない
単純な過ちほど
もろいものはない
改めても
改め切れない　習性
手に残る　原形すらない

他愛もないことだが、青春時代の友達付き合いは、密接であるにもかかわらず脆い。

二人の友人が、微妙な心を持つ我が世界に踏み込んできた。誰も知らない筈の心が、何処で誰により噂となって流れたのか。それが、それぞれの不信感へと広がっていった。

小さなみかん

小さなみかんが
地面すれすれに　垂れ下がる
様々に　大きなみかんもある
運命は　決められていた
みかんは　何度も枝別れし
この枝に　やってきた
自然に　やってきた
自分で選んで　やってきた
誰に　憚ることもなく
悔いることもなく
岐路は　あったのに
その結果が　これだ
小さな　小さな
一個のみかんの　人生

逍遥の果て

浜の白砂に波
伸びのびと
覆い尽くす　ヒルガオ
船影　既に消え
人影なし
南の島の　真昼時

逍遥の　道程
波は静か
富　名誉も
喜びも　悲しみも
まぼろしの
無限の果て
過去の夢
そして　時は過ぎてゆく

平成二十六年　南方へ行く。石垣島の西方に小浜島がある。人が居ない淋しい島である。

一袋のお菓子

一袋のお菓子を
食べていた
お菓子は　色とりどり
次から次へ
胸はときめき
掴むたびに　珍しく
一袋のお菓子を
食べていた
自分の　持ち物だから
晴れがましく
ただ独り
食べていた

その袋が　軽くなり
言いようもない
不安が　やってきた
止められない
尽きてゆく袋

宝ものも尽きる
空虚のなかの
思い出

歌

曲の終わりの　旋律
声を限りに　引き延ばす
軽々しい　違和感
疲れてしまった　違和感
病人の　喉笛の
隙間風が通る
歌謡曲の　曲の終わり

余力のない　旋律
これが
人生の終わりかも知れない

歌う

寂しいからではない
楽しいからでもない
小さなスナックで歌う
誰が聴いてくれるでもない
気持ちよく　歌えることもない
それでも　歌えるのかと
心が聞いている

歌わなければ　声が無くなる
それが恐ろしくて
今日なのか　明日なのか
霞みが　消えるように
何もないことが　分かるから
それを確かめたくて
途切れないように　歌う

こころ

どこか　懐かしいこころ
それを　愛というのか
自我の目覚めの頃からの　心は
それを　愛というのか
ずっと　ずっと深く
どこか　懐かしいこころ
それが　愛というのか
見知らぬ仲に　生まれた愛なら
それは愛

人の血液が　生まれる前から
つらなり　流れるように
己のものの　ようでないような
己にずっと　あるもののように

自然のなかに
すでに　存在していたような愛
そのこころを　愛というのか
それこそ　本当の愛かも知れない

本当の愛は、覚めるようなもの
ではないのではないか。

貧困な放送

気持ちが　晴れ晴れとするような
こころが　うきうきするような
子供が　明日の遠足を　待つような
何処かに　新しい発見が　あるような
そんな番組は　ないのだろうか

子供の頃は　ラジオに　かじりつき
聴きづらい声を　聴き
テレビの時代は　映画を見にゆくように
カラーの時代は　旅行に行くように
そんな感動は　ないのだろうか

ああ　あの心がはずむ　放送は
再びやってくることは　ないのだろうか

昔の人が　相変わらず
同じ手法の　ままだから
週末は　もう冷え切って　放置され
大型の画像も　映すことのない
貧困な　放送の時代
心のときめきは
また来るのだろうか

夏

夏の終わり
うとうとと
揺れる椅子
長い時の焦り
耳鳴りの音
伸びる庭の木陰
縁先に届く
独りだけの夏

神社の境内

田舎の神社の　境内は
夏の暑い日
蝉を追いかける　子等の広場
楠木の　木陰の集い
草野球の　広場
祭りの　広場
野外の　映画館にもなった

今はもう　その一つの役目もなく
ひっそりと　振り向かれることもなく
子供等は　居ない
広場は
あまりにも　小さく
あまりにも　小さな社会だった
それが　大きな社会の入口なのに

久留米市大犬塚　神社は昔のまま残る。

午睡の窓辺

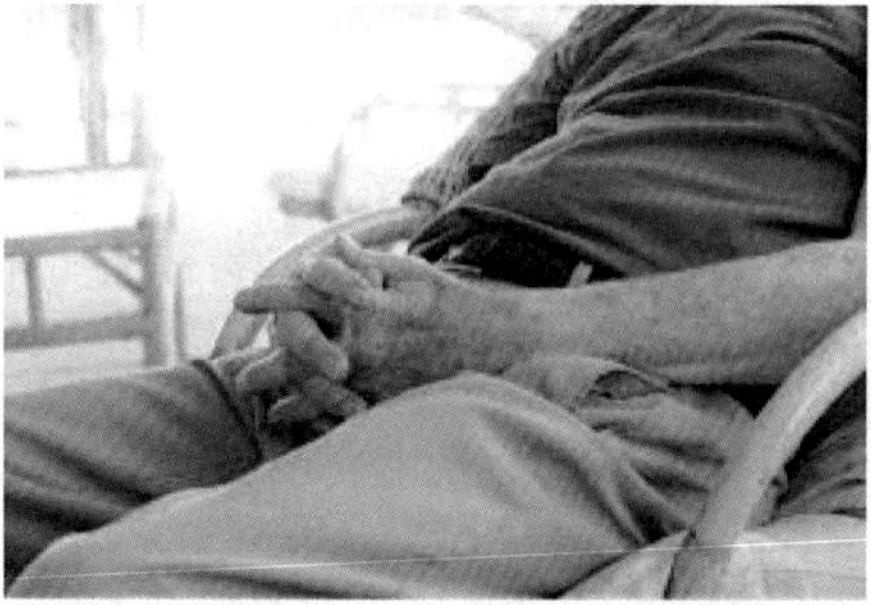

目次

湯屋

昼さがりの　湯屋は
訪れる人なし
伝い歩きの　老爺一人
足湯にうなだれ
彫像の鬟　寂し
時折の秋風　雲雨を伴い
露天の東屋の隙間より
驟雨は煙る
流れ落ちる　湯音と
板葺きを打つ　雨音と
広大な雲海と　干潟
岩風呂の　孤舟は
今　霧の中を彷徨う

哀れな果実

あなたはいつの間に
こんなになっていたのか
何も変わらない　あなたのすがた
私は　いつも憧れていた
毎日　あなたを見るたびに
いつも私に　甘い香りをとどけた

いつの間に
こんなになってしまったのか
いつも私を喜ばせようと
あなたは　体がぼろぼろになるまで
少しもすがたを　変えていなかった
崩れゆくからだを　その裏に秘め
崩れゆくこころを　顔に見せず
今日も元気だと　言っていた

私があなたに触れたとき
あなたはもう
耐えることも出来ずくずれた
これが精いっぱいの
私への贈りものなのか
ゆらゆらと　ゆれる陽ざしが
わたしのこころを　責めていた

太良竹崎《たらたけさき》

西風来《せいふうきた》りて太良海浜《たらかいひん》をゆく
渺茫《びょうぼう》たる有明《ありあけ》の干潟《かんだく》
投糸曳《とうしひ》く漁夫《ぎょふ》二三
未《いま》だ雲雨《うんう》の移《うつ》るを知らず

すれちがう

三十五才　独身ですか　なぜ所帯を持たないの？
別に持ちたいとは思わないから
この工場に　勤めたいというからには　職に就く必要があるのでしょう？
そうです　この工場はきれいに見えるから
安定した収入が欲しいのでしょう？
給料が多いところがいいです
職場にはそれぞれ一長一短があるが　あなたの適正は？
わたしは　体は丈夫です
力仕事は厭いませんか
重たいものは　抱えられないかも知れません
趣味は　どんなものがありますか？
わたしは　コーヒーが好きです
あなたの趣味ですよ
人は　一つや二つの趣味がなければ　職場のストレスに耐えられませんよ
わたしには　コーヒーを飲むのが好きですから
コーヒーは　いつどこでも飲めますが　何か打ち込むものは？
わたしには　コーヒーがありますから

勤労感謝の翌朝

冬支度を終えた　みかんの木
待ちかねたように
ゆっくりと　雪は降りる
ただひとつ　梢に残された
お供えのような　みかんの実
大空から湧き出る
灰色の雪は無数に
静かに降りてくる
神主の御祓いのように
地球は無限の恵みを受け
清々しい姿へと変転する
世界が
新たなる価値を生み出せる
新たなる朝

生きる

五百年前の人も
百年前の人も
己の生きた歳を数えたのだろうか
それが
たとえ四十年だったとしても
九十年だったとしても
数えるのを　うっかりしている間に
消えて無くなることは
まさに、一生の不覚なのか
いや
歳を数えることは
いやな生き方の罰
とは言えなくはないか
それだけが　生きることならば

バスの中

バスの中が　静かになった
何時の頃かは　分からない
バスの中が　静かになった
賑やかな人　今居ない
バスの中で　静かに飲めば
心に触れて　侘びしさつのる
バスの中は　何故か眠い
思い出せない　それがつらい
バスに揺られて　二十年
老いの坂道　ゆるりと走る

平成二十九年　第十九回　六一会　原鶴

この棲家

どんよりと　曇るから
窓越しの　梅の花は
放りおかれた

南の風は　吹き過ぎて
またもとの　侘びしさだけが
残っていた

何を　したいのだろう
何処へ　ゆけばいいのだろう
もう　この時代は
全て　見てしまって
何もない

きっかけ

あれは　唐突だった
だが　それはいつの間にか
甘い懐かしい
想い出になる
また会いたい　その心
自分らしく　自分でない
そしていつも
足は　そちらへ向かう

五年経ち　十年たち
あれは　この世ではない
お伽の世界の　出来事
どこか優しい　思いやりが
今は　美しい絵になって
体全体に　広がる

倖せは　どこから
何もない　きっかけだけの
突然の　出来事のように
見えていない
そのなかから　滲みでてくる
その夢の中にある

こころ模様

こんな街の　片隅で
粋なあなたに　会えるとは
とりとめもない　出会いでも
昔話が　長いから
いつか途切れが　せつなくて
ビールの泡も　薄くなる
誘って欲しい　誘って欲しい
初心な　私の恋ごころ

クラブの赤い　ほのかな灯
踊り子のドレス　翻る
ここは場違い　出ましょうと
何故か　あなたは言うけれど
いつか心は　浮いてくる
心地よく酔う　初舞台
誘って欲しい　誘って欲しい
あだな私の　恋ごころ

昨日神社の　境内で
どこか似ている　後ろ影
日々の住まいが　いぶかしく
浮かんで消える　なさけなさ
いつかあなたに　会える日を
夢見てしまう　おろか者
誘って欲しい　誘って欲しい
愛し私の恋ごころ

脱落

風もない　初冬の午後
降り始めた　小粒の雨は
梢に残る　まばらなケヤキの葉を
一つ　またひとつ落とす

グラウンドに集う　声も途絶え
時の知らせも
枯れた　鐘の音で響かず
木の下に居並ぶ　車列のみ

立ち尽す木立は　偉容なく
黒々と　雨に光る骨格は
わずかに　その残像を見せ
ただ　老いてなお立つ

どうにも　終わりのない　哀しみか
雨音の粒を　数えつつ
冬間近な　午後の時の
ただ　過るを待つ

飛鳥路《あすかじ》

新緑青青《しんりょくせいせい》　大和路《やまとじ》を行《ゆ》く
行子疎《こうしそ》にして　人語《じんご》を聴《き》かず
點點《てんてん》たる丘陵《きゅうりょう》　これ皆墳墓《みなふんぼ》なるや
古《いにし》への貴人《きじん》　その名《な》を知《し》らず

巨岩《きょがん》の遺構《いこう》　四海《しかい》を見下《みおろ》す
天《てん》に知《し》ろしめす　統治《とうち》の威厳《いげん》
驚嘆《きょうたん》す　其《そ》の構築《こうちく》の業《わざ》
古代《こだい》の偉業《いぎょう》　時代《じだい》の礎《いしずえ》

平成二十九年　大学時代の友人の集りを有馬温泉で行い、その後、数名の友人達と旅行をする。飛鳥路の高松古墳を訪れた。

別れ

母さんと呼んだら
ディスプレーの　画面の波が
上に揺れる
もう一度　母さんと呼べば
また揺れる
生きている
生きて今
橋を渡ろうとしている
振り返っている
ゆっくりと
橋を渡っていく
ただ　ありがとう
ありがとうと
ゆっくりとゆく

平成二十一年　九十七歳になろうかという母親が死をむかえる。体の全てが老化し、使い果たされた見事な人生だった。悲しみがないと言えば嘘になるが、日頃は、体もきつくなり、その二年前で行っていた旅行も無理になっていた。ゆっくり休んでくれというのが実感だった。

心の赤とんぼ

いつものことと
知りながら
破けた用紙の字をなぞる
机の傷は無常にも
埋めてみても
埋めきれず
何とばかなと　笑われた
馬鹿にするなと
言いながら
その娘に言われる
せつなさが
いやに尾をひく
昼さがり
俺の心の赤とんぼ
独りお空に舞い上がる

会えば空しさ
知りつつも
またその時はやってくる
ただ挨拶をするだけの
そのひと時の　苦しさが
耐えて耐え抜く
試練かと
もしも頼れる　丈夫なら
つまらぬ世間の
ざれごとを
言いつつ心は
吹きすさぶ
俺の心の赤とんぼ
果てしない世へ
飛んでゆく

いつか遥かな
時が過ぎ
路地裏通いの
日暮れどき
どこか似ている　横顔の
うつむく影を　思い出す
歳はとりたくないと言い
その筈もない　年月が
古い画面の　闇のなか
空しく見える　おぼろ月
俺の心の赤とんぼ
肩を落として
止まってる

黄泉《よみ》の人

黄泉の入り口で
閻魔さんに聞かれた
お前は、子供や孫に何かを遺したか
まさか　財を遺したのではなかろうな
少しは　と言ったら
お前は馬鹿だな　現世の奴は
本当に　どう仕様もない奴ばかりだ
黄泉の国では
人に物をやる　習慣がない
話言葉だけの　国だから
皆が　幸せなのだ

人の言う話には　物がないから
嘘の概念もない
本当に　現世はいつまで経っても
成長しないね

中国の楽山には、人の死後の地獄極楽が描かれている。仏教の日本も、大方はこの思想を受け継ぐ。

しかし、何も見えない世界だから、日本には、竜宮城があり、中国には桃源郷がある。想像のユートピアだから、異質な世界を考えてもいいのではないか。

全てが終わる

頭の芯に　沁み込み
超音波の
甲高い音の
切れ目のない　響き
あれは
理科の教室の
古い戸棚に　しまってある
機械の発信音
超音波の　響きは
ずっと　頭の中に広がり
ずっと　大きく
孤独な
際限のない　宇宙へ
飛んでゆく
そして　全てが終わる

失神

一瞬の空白は
一秒足らずかも知れない
それが　永遠の時間かも知れない
映写機のフィルムの
一コマが古くて
繋がっている筈の　映像が
つじつまの合わない　流れの
場面へと移る
一瞬の空白は
一秒足らずかも知れなくても
その時の流れから
ディジタル変換となり
別世界へゆく
戻れるかどうか　当てもなく

自己満足

日曜日の午後
スカートの後部が　吊り上がっていた
多くの人たちの　たむろする午後
別に　気にすることではない
別に　気にはしないが
遠く叫ぶ声が　気になった
吊り上がったのは　仕方のないこと
全ての過去の　所作が分かるから
見えてしまう
でも本人には　分かりようはないから
気にすることもない
世間には　己の知らないことが　多いから
満足な　暮らしがある
知らない　自分があるから
自分を　良く見せることに
満足がある

孫娘のいる家

受験生の　孫娘がやってきた
無口な娘だが
思いやりに　気が付く娘
普段は　居るか居ないのか
分からない程に　物静か
なのに　どこか華やかな空気
いつもある

受験生の　孫娘がやってきた
老人の家は
どこか　華やかになった
思い出しもしなかった
遠い活力の　青春の日々
また　ペンをとる
そんな時がやってきた

音のない日

音がないから
耳がさわぐ
音がない日は
心に浸みる

棄てたはずの　過去
棄て切れない　過去
音がないから
今日もまた
あのざわめきの奴が
さわいでいる

自然が見える

まだ　日の出はこない
青暗い空に　雲がゆく
数羽の鳥が
そこここの屋根　電線へと
飛び交う
人の目覚めない　大空は
誰のものでもない
無限の世界

まだ　日の出はこない
この刻が　たとえ一瞬でも
それは　かつてもそうだったように
永遠の時間だ
無心に生きる者の
自由に生きている　世界だ
かけがえのない　世界だ
その自然が見える

吉野ヶ里

広大な平野
背振山と　有明海と
亡骸は累々と
無くした首、手足
憐れなる　人の妻の墓地
天と地への畏敬に
無事を祈る　人と人
広大な平野の
弥生人
祈祷の御所　物見櫓も
民族集団の命
向うのクニと
そのまた向うのクニと
馴染むべくもなく
わが愛しき者の為と
ただひたすら
戦いの日々

生きたあかし

人にあげた　束の間のひと時
それが　生きたあかしだった
長い日々の　繰り返し
過ぎてみれば
ただ絵文字のように
諸事出来事
さしたる思いなし
己の意のままを　満喫し
その時を　過ごしても
人生は　時でなく
心を打つ　鐘の音に似て
青春の諍いや　葛藤
友と別れて　さまよう巷
それが渦の中に　埋没する

生きるを　思い知るのは
生きている　明日より
心を傾けた　その束の間こそが
人が生きたあかし

原鶴《はらつる》の朝《あした》

水無月《みなづき》の晨風《しんぷう》　項《うなじ》に清《きよ》し
傘寿《さんじゅ》の老輩《ろうはい》　痛躯《つうく》語《かた》らず
山上《さんじょう》　観音《かんのん》に寄《よ》す密《ひそ》かなる願《ねがい》
泰然《たいぜん》たれ　筑紫次郎《ちくしじろう》の如《ごと》く

香山《こうざん》の陽光《ようこう》　既《すで》に天高《てんたか》く
眺望遥《ちょうぼうはる》か　耳納連峰《みのうれんぽう》
待《ま》つこと空《むな》し　淑女《しゅくじょ》の朋輩《ほうばい》
共《とも》に観《み》る郷土《きょうど》　再《ふたた》び来《こ》ぬものを

平成二十九年　第十九回　六一会　原鶴

デジタルの世界

デジタルの　ディスクの
針が跳ぶように　音が切れる
切れたところの　空間は
どこの世界に　行ってしまったのか
頭の中の　デジタルは
針が跳ぶ
デジタルは　飛び石のように
離ればなれだから
きっと　ここでは分からない
この世ではない　世界なのだろう
人は　確かに　ここにいるのだが

デジタルの空間では
何処かに　出かけてきたことは確かだ
もう一度　針が跳んだら
それを　確かめよう

暑さ問答

今日は
クーラーなしでは暑過ぎる
昔より　気候が暑くなり
地球が　変った

そりゃ　違う
変わったのは　人じゃないか
夏は　裸で過ごしゃ
どうってことはない
汗を沢山かけば　水はうまい

野蛮人　今どきの野蛮人や
どの家だって　涼しいなかで
うまい飲み物　飲んでる
だから不健康で
水膨れ体質になる

熱中症なんて騒ぐから
余計に患者が出る
身体の鍛え方が足りない

熱中症は
医学の偉い先生　テレビで言った
だから間違いない

ペットボトルなしで八十年
クーラーなしでも
熱中症は一度もない

時代のすれ違い
時勢は移る
時代遅れか

稲

田んぼに　水がない
田んぼは　干割れて
亀の甲羅
黒い土の　表面は
白い　粘土になる
水のない　田んぼは
稲の　見えない部分に
限られた　密かな命
苦しいが故に
僅かなる　生きる術
己を鍛え　やがて来る
次世代への　思い
爆発的な力を
爆発的な力をと
耐える

田舎

入り口のバラは
玄関を隠すように覆う
六十年の月日は
整合性のない　記憶を
ただ追いかけていた
故郷は　あまりにも小さく
家並みは　あまりにも近い
人が生きた
その軌跡は
まるで　箱庭程度だったのか

皺

ばあちゃんの
火鉢の上の　手あぶり
手甲をつまんだら
富士山が出来た

孫も手あぶりもない
誰にも見せない
腕の袂のさざなみは
懐かしくわびしい

空の向うから

薄い雲の　西の空
手前の　大平山の
切れ目の　ずっと奥に
切り立った　岩山
あれは　妙義か
長江の　切り立つ崖の
その果てに　霞む
神農渓のように
厳然たる姿を　垣間みせる

夕陽を受けて立つ
空の向うの
神秘さの中に
過ぎてしまった　人の
お前はまだかと
横を向いた

老後

老人は　まだ生きている
仕事を　したいのではない
金が欲しい　訳ではない
人と会い
話をするのを　望むのでない
人の言うことを　聞くのも煩わしい
何をすればよいのか
誰に　望まれていることもないから
どんなに　うまくやれても
心が　弾むことはない
だから
何をするのかが　分からない

それでも　朝はやってくる
それが　生きることなのか
生きることが
目的とは知らなかった
これが今まで
どうして　分からなかったのだろう

別れの夜

春の夜風は　暖かく
コートの襟を　撫でてゆく
まだいいでしょうと
もっともっと　歩いていたい
薄い灯りの　石畳
過ぎゆく人の　影二つ

春の夜更けの　霧流れ
橋の上の　ギター弾き
唄の響きが　うら寂し
これが最後の　機会とて
知っていながら　空しくて
淡い心の　あだな夢

街の通りの　人絶えて
あてない二人は　さ迷える
これがまさに　道行と
真顔の君の　横顔悲し
春の夜の　静けさが
悔いの心に　沁みてゆく

遠い海

大空に浮かぶ　白雲の船影
壁掛けの　群青の海
全てが　停止している

遠い海
ただ　時折の風に散る　木の葉
丘の片隅の展望台は　朽ち果て
訪れる人　まばら
遠い海
眼下の　わずかばかりの渚
潮に洗われていた　岩々
それはもうない
白いコンクリートと
大きなタンクの数々が
延べ板となり　広がる

幾度かの訪れは
時の流れに沈み
薄れゆく記憶を
返せ　かえせと
悲痛なうめきを　漏らす
遠い海
別れの
その時はやってくる

西公園の裏山から海を眺める。もう数えきれない程の訪れだが、その度に、海の景色は変わる。今はもう見えない程になってしまった。人生の終りと同じだ。

小さな世界

畑に鍬を入れると
せきれいがやってきた

腰をおろして
見つめる
二メートルの間をおいて
歩きまわる

近寄ってはいけない
お互いの　礼儀か
お互いの　区切りか
と言って
見つめあう

戻る田舎道

早霧けむる　坂道を
歩いてゆけば
濡れた落ち葉が　まといつく

行かないでと　泣きすがる
つぶらな影が
俺のこころを　締めつける

遠いあの日の　思い出は
おろかな罪の　浅い夢
戻りたい　戻りたい
ああ　田舎道

古い板戸の　節目から
漏れる朝日に
薄い煙が　渦を巻く

冬の港の　わび住まい
独りの寝酒が
何故か覚めずに　身を責める

幸せならば　いいんだよ
それだけ知れば　生きてゆく
帰りたい　帰りたい
ああ　田舎道

どうせ果たせぬ　恋ならば
どうせ実らぬ　道ならば
黙って戻る
ああ　田舎道

ひとりのスナック

あれはもう　十年前になるかしら
初めての　街中のスナック
部屋が震える　音響に
人に隠れた　気おくれで
唄いましょうと言われ
どうにもならない私
それでも心は　どこか弾む

壁いっぱいの　歌手たちの
ポスターは　見知らず
古い歌ですと　言いながら
唄ってくれる　あてもなく
グラスの酒を　揺らしてる
今はただひとりの私
それでも心は　どこか遠い

投票所で

大きな広場を囲んだ
係りの　七人の目が向く
台風の　前ぶれの雨が降る
午前のひととき
客が居ない商店のような
ひんやりした空気

誰もいない　こりゃ大変と
そして場は始動した
展示室の開所式の
期待と　不安と
待ち続ける　息詰まり
それはもうずっと前の
事業の初めての　試みだった

天神様

路傍《ろぼう》を下《くだ》る処《ところ》　天神《てんじん》在《あ》り
落葉槭槭《らくようせきせき》　独《ひと》り愴然《そうぜん》
昔聞《むかしき》く童歌《どうか》　夢裏《むり》の郷《きょう》
黙《もく》して帰《かえ》る石磴《せきとう》　上《のぼ》るに勝《た》えず

戦前の幼い頃に住んでいた西公園。その一角に天神様がある。その後、懐かしく何度も訪れている。

恋なさけ

今日は来ると　言ったのに
まだあの人は来ない
薄灯りの　グラスの酒に
酔った女の　舞うドレス

半月前に　逢ったとき
話が合うねと下を向く
故郷の　思い出話
幼い夢が　よみがえる

街の外れの　スナックの
ひなびたドアの　張り紙が
寒い夜風に　翻る
ここは淋しい　恋ねぐら

いいの　いいのよ　忘れても
忘れたあなたは　何時かまた
思い出す夜の　恋なさけ

いいの　いいのよ　忘れても
想えば再び　やってくる
思い出す夜の　恋なさけ

単身赴任時、夜一人で
何度か訪れたスナック。

己の道

いつの間にか
どうなっていたのか
増長と言えば　簡単だが
どこか　淡い己の認識が
嬉しくて
浮かれたのかも知れない
そんな筈はない　という思いは
もう　とうに失っていた
変化に　気付いた時は
周りには　何もなく
ひとりだった
そして
本当の己の生きる
姿が見えた
それは　狭く寂しい道だった

夜の坂道

いつも　日曜日の夜
墓場の横の　細い坂道
独り帰る道

突き当りの　小さな家
二階の　窓から聞こえる
ヴァイオリン
音色あやしい　はやり歌

誰か知らず　生きている
寂しげに　まだ生きている
俺たちの　生きた証は
こうだった
誰にも拘わらず
自分に残ったものが
これだったと

定年後

いつもと変わらない
窓の外
金色の光の中
とび起きた
することがない
自分に気が付いた
何十年もの　身体が
行き場を　失っていた
昨日までの　部屋と
今日からの　部屋が
よそよそしい
仕事は　ベンチャーだと
職場の部屋
何度も更新した

あの日の出来事
それは見られていた
支える柱を
取り除かれるような
観客のいない
稽古舞台のような
独り芝居の　部屋が
そこにあった

秋風吹いて

秋風吹いて
わたしはひとり
柿の実たべた

秋風吹いて
母さん今夜も
お勤め行った

秋風吹いて
ふとんのなかは
くま子とふたり

秋風のなか
好きなとうさん
行ってしまった

去年の秋は
みんなでたべた
柿の実たべた

ひねくれた犬

車が　脱線するように
どのあたりだったたか
抜きつ　ぬかれつ
嘘が　嘘を重ねる
下を向いた　よろよろの犬では
誰の言葉も　もうない
泥沼にはまり
戻れない孤独を　己を
あざわらう　犬なのだ
所詮は
酔いと　妄朧の夢
それが
隠し切れない　自分なのか
ひねくれた　自分なのか

伊豆赤沢

果てしない　紺碧の海と
群青色の大空に　挟まれて
小島の岩場に　横たわる午後
遠く　赤沢の浜は
小さな　人影が二つ
静かな波の　岩打つ音
取り残された　何もない空間
時折の　潮の香りが　通り過ぎる
釣り宿の　親父は見えず
海猫さえ　居ない

人が　一人になる時
自然が　これほど単純で
大きなもの　だったかと
天空の　底知れぬ暗さへ
魂は　ふわりと　昇天する
何ほどもない　己の
あまりにも　短い軌跡

老栖

昨日の　夕刊と
半開きの　文庫本
季節外れの　炬燵
もう幾年もの　部屋が
そこに　放り置かれている
郵便受けの　閉じる音が
いまに鳴る
そして　今日も日が暮れる
何かも起こらない
一日の
侘び住まい

何時までも続く
詫び住まい

今日もまた役所の
たどたどしい　拡声器の声

ある朝のこと

薄い霞のたなびく　春の朝
初々と　急ぎ行く小径
いつもとは　どこか違った小径
その人は
もう十字路を　過ぎたのだろう
駅で　挨拶出来るだろう
にこやかな　あの笑顔の側に
あの時の
記憶は残っているのか
振り向いてくれるだろうか
穏やかな日の
春の陽の　薄ら寒い
朝の憂鬱
その足が　何故か
少しづつ　離れてゆく
何処へとも　言わぬまま

冬の陽ざし

部屋の奥まで
伸びている陽ざし
うらうらと
昨日も　今日も
変わらぬ明かり
無力な
時の流れのうちに
移りゆく影
古い畳に
祖母のふとん
部屋の奥まで
伸びてきた陽ざし
それは
遥かむかしの
わびしい影だった

乗り合わせ

驚いて　頭をさげていた
その人との　乗り合わせ
ちっとも　不思議ではないが
どこか　ぎこちない
言葉を　探していた
これまでのように
ただ　見てればよかったが
突然の　のっぴきならない
乗り合わせ
屈託のない　日常の勤め
その終わりと　変化
愚か者　影が影でなく
体に住みついた　影を知らず

乗り合わせの日
その人は　何も言わず
一度振り返り　出て行った
そこに　大きな洞を残して

学生時代。卒業以来会わない同期生でも、その姿だけは、遠くで見る日々だった。

卒業してしまえば、当然、それぞれの付き合いの世界がある。付き合いの価値も、それぞれに変化し、もう殆ど理解できない。淋しいが、それが現実だった。特に、男女では、それぞれの社会が違い過ぎていた。

畑仕事

畑仕事　止めるかい
止めてもよいが
やってくれと　言われるから
言われることは
まだ出来るのだと
互いに言わないが
掘り起こす
重くて黒い土
失った
収穫への期待感
それは
いつのことだったろう

遠い人

鐘が響くとき
人がいる
遠く移ろいゆく
影がある
鐘の響きの　消え入る間に
いつも過ごした　日々の
空しさ
音が消え去る
小さい影
あれはもう
今はない
見えない
遠い人

人の命は儚い。元気に同窓会で会っていた人の、突然の訃報。今思えば、確かめておくべき若い日の出来事も、出来なくなってしまった。二度とはない人生だから、思うこと、やりたいことは躊躇してはいけない。

春の芽吹き

春の日だまりに
二羽のすずめ
芽吹く木々　揺れる
あの人は　来るかしら
じゃあ又ね　と言ったのに
過行く日々
その人生は　汲々と
いたずらに過ぎた

体のどこかで
忘れかけた影が　呼んでいる
捨てるものと
捨ててはいけないもの
あの時以来　動き始めた
春の　うすら寒い日の
心の芽吹き

心の片隅に

あの涙を誘う
心を締め付ける
いぶされる匂い
あれは
田舎の母屋の土間
古い竈の灰
稲わらの散る
薄暗い土間の片隅
遥か昔の血縁が
わずらわしく
粗末な人々が
疎ましく
打ち払いつつ
心の片隅に　秘める
迫り来る旅立ちが
身を責める

田舎の屋敷は大きく、戦後は三世帯が住んでいた。調理場は大きく、藁を燃す竈を、くど、と言った。

生活の全てが協同だった。

瞿塘峡《くとうきょう》

切り立つ崖の　中腹にいる
母子の影は
対岸に聳える　岩山の太陽の
光をあびて立つ
岩場のねぐら
眼下の人の世界は
齟齬と行き交う船
切り立つ崖の上に　点々と
故人の洞穴
古代の棲家と
船窓で　隔離された世界が
三千年を隔つ
母子は　崇高な眼差しで
見下ろしている
じっと

平成十六年　中国旅行。長江を船で下る。瞿塘峡は、その最大の難所だ。

六一会

故郷《こきょう》へ回帰《かいき》す　二十年
故旧老衰《こきゅうおいおとろ》え　会《あ》うに堪《た》え難《かた》し
親交《しんこう》は　未《いま》だ初心《しょしん》を違《たが》えず
更《さら》に約《やく》す　喜気歓会《ききかんかい》の情《じょう》

過《す》ぎにし旅程《りょてい》　今此処《いまここ》に有《あ》り
九泉《きゅうせん》の朋輩《ほうばい》もまた楽《たの》しからずや
人生楽《じんせいらく》は　樹下江風《じゅかこうふう》にあり
此《こ》れ即《すなわ》ち　郷愁《きょうしゅう》の六一会

平成三十年　第二十回　六一会　八女

夜の街

木枯らしに
飛び散る紙屑
行く当てもなく
することもなく
また
舞い戻る

誰かに
声をかけられ
語り合うを求め
紙屑のように
さ迷い歩く
夜の街

学生時代は友人も多く楽しいようにも見える。だが、それは己を磨く訓練の時期で、実際は何時でも放り出される薄い人間関係しかない。

午睡

見開きの二ページ
文字を追い
辿った筈の行を　繰り返す

確かに来ると　言ったじゃないか
その筋書きでいいと
言ったじゃないか
おれは　何のために
誰のために
何をするのか
やっぱり
おれには向かない
過ぎたことだと
座を蹴った

辷り落ちた　文庫本の音
穏やかな太陽
午睡の窓辺

もう仕事を離れて二十年。それでも夢に出てくる仕事場。自分の好きな事、やりたい事だけをやると決めた二十年だが、夢は、今でも当時へ引き戻す。

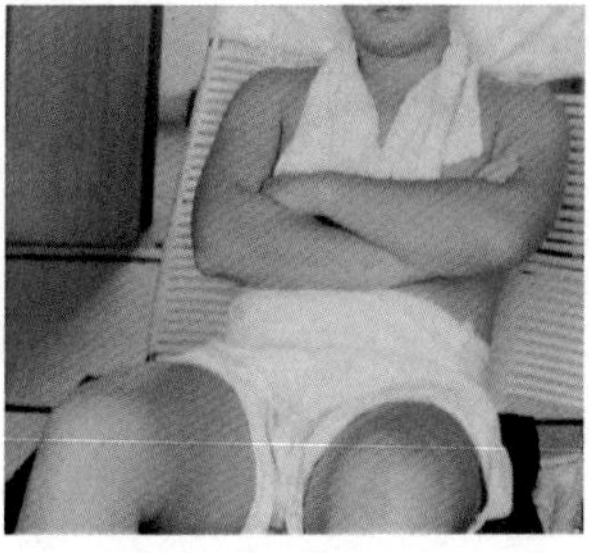

彷徨

俺は　何処を走っているのか
俺は　何処へ行くのか
俺は　何をしようとしているか
道の先は暗く
曲がり角　幾たびか
走り始めは　午前の太陽の中
そして今は夜
街の灯りも　消えてゆく
時折浮かぶ　友の顔
あれは　何時のことか
何年も前の　集りか
森の駐車場に
彼等は　待っているか
だがもう日は暮れた
彼等は　酒を食らって寝たか
おい　待ってろよ
俺は　必ず行かねばならないと
今　思い出したのだから

平成三十年
第二十回　六一会　八女

窓辺の午睡

うらうらと
陽ざしのなかの　寝椅子
残された　茶碗一つ
はだけた胸
遥かに　遠い明治の
父母の　間のびした声
それは　何とかなるさ
さりげなく　やり過ごせば
次は　またくるさ
陽は長い
ゆっくり　休めばいいさ
何時も同じさ
何処も同じさ

静かな団地　窓辺の午睡

恋心

それを知るが故に
定かならず
気　そぞろに
定め知らずの
彷徨
知らせざる心の
やるせない
恋心

雲を追う
まるで迷子の
何をも知らず
行く当てない
生きる道
ああ　それが恋
それが恋

傘壽《さんじゅ》の年明《としあ》け

東方片雲《とうほうへんうん》なく　陽昇《ひのぼ》る
蒼天《そうてん》の星雲《せいうん》　何処《いづこ》へか去《さ》る
人生《じんせい》の傘寿《さんじゅ》　今将《いままさ》に明《あ》けんとす
前途《ぜんと》の艱難《かんなん》　その酷烈《こくれつ》を知《し》らず
泰然悠悠《たいぜんゆうゆう》として　その来訪《らいほう》を待《ま》つ
生涯《しょうがい》の真価《しんか》　斬新《ざんしん》にして酷《こく》

海辺の足跡

夜明けの　海辺を歩く
波の　きらめきが
浜を覆う
足跡がただ一つ
誰もいない　岩場へと続く
砂にまみれた　足で
海辺を歩く

夏も　今日が最後でしょうね
また来ることはあるかしら

賑やかな　遊びの果ては
ずっと遠い夢
映画の一コマのように
この浜の姿を映す
去ってゆく　足跡
その足跡を　追いながら
海辺を　歩き続ける

汐のかおりをのせた
わずかな風
打ち寄せる波が
息づき始める
そして　人の世の面影を
何もなかったように
消し去ってゆく

大学の同窓で志賀島の海水浴場へ行く。楽しい遊びには違いないが、どこか孤独の足音が忍び寄る不安を感じていた。本当の意味で、親しい仲間なのかを考えていた。

夜明け

窓に
冬至の夜明け
わずかな茜空
黒い山並み
今日も
明ける

独り身の
再びの
夜明け
肩を丸めた
媼ゆく
冬至の夜明け

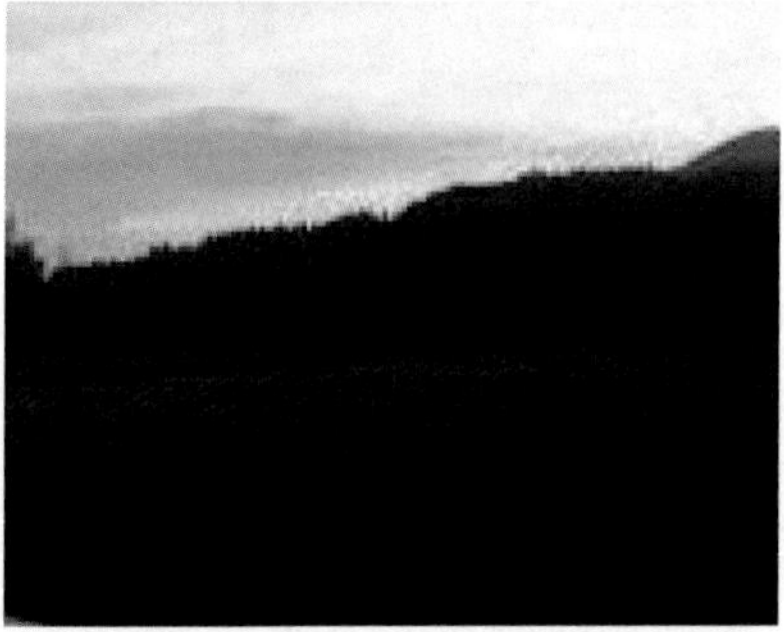

落ちこぼれ

風もない　初冬の午後
降り始めた　小粒の雨
梢に残る　まばらなケヤキの葉を
一つ　またひとつ落とす

グラウンドに集う　声も途絶え
独り聞く　時の知らせ
鐘の音　枯れて響かず
木の下に　居残る車

立ち尽す木立は　偉容なく
黒々の影　雨に光る
わずかに　その長い髪を揺らし
あわれ　老いてなお立つ

どうにも　終わりない哀しみか
雨音の　粒を数えつつ
冬間近な　午後の時の
ただ　過ぐるを待つ

林住の夕べ

目次

驟雨

トタン屋根の
住まい
襲撃の　雨
騒音の　雨
瞬時
息を飲み込むように
走り去る　雨
諸々の憂いを
置き去りにし
もはや
お前には用なしだと
置き去りにする　雨

そして
ただ暗闇の静寂
狐の鳴く声
細く　遠ざかる

離別

林を覆う
うぐいす色の新芽
枯葉を踏みしめ
体に染みる
うぐいす色の新芽

戻りたくても
帰りたくても
捨ててしまった
その日
うぐいす色の
その女の背が
消える
どうにもならない
取り返せない
離別
思いがけない
離別

うぐいす色の着物が好きな女がいた。この世の興味をやり尽してしまった自尊心。それが全てだった。

つながり

北側の硝子戸越しの
田んぼ
暑い夏の草取りに
今日も　野良着の老女
座り机の手を止め
互いに　目を向け
互いを　確かめる
日課のような
なつかしさと　安堵
勉強と　草取りと
何の繋がりもない
日中の　出会い
それが　今日の
一つの出会い
やすらぎの日課
たった一つの
生きがい

林住の夕べ

木漏れ日の
赤きひかりの
燃え尽きて
夕もやせまる
木々の
葉擦れの音の
静けさ

幾年月の
騒々しき　営み
なつかしき　営み
今は　どこにもなし
短か過ぎた夢
空し過ぎた夢
夢はおとぎの　よき日
思い出の　よき日

星野紀行

皐月《さつき》の風渡《かぜわた》る　耳納《みのう》の峰《ほう》
枝頭細細《ぎとうさいさい》　僅《わず》かに蒼《あお》し
舊友共《きゅうゆうとも》に語《かた》らい　耳《みみ》に清々《せいせい》
独《ひと》り欽《よろこ》ぶ　故人親交《こじんしんこう》の言《げん》

斜陽《しゃよう》　墓畔《ぼはん》　誰《た》か低徊《ていかい》す
星野《ほしの》の忠誠《ちゅうせい》　今《いま》また新《あらた》なり
今夕《こんせき》　初《はじ》めて看《み》る　庭院《ていいん》の中《うち》
心跡雙清《しんせきそうせい》として故郷《こきょう》を懐《おも》う

平成三十一年　第二十一回　六一会　星野

カラスの世界

カラスの黒が　見ている
誰もいない　昼さがり
カラスの黒は　知っている

独りになった　人間を
日課を失った　人間を

人が人を　見失えば
その世界は　もはや人ではなく
カラスと　同じであることを
カラスの黒は　見ている

宮古島へ

真昼の　太陽の中
暑い　太陽の中
小麦色の若者たち
ほとばしる声
走りゆく
汗と砂と
赤と白
南の島のバカンス

宮古の夏は
限りなく明るく
今や　何事もなし
空は遥か
蒼く
波の白さが
打ちよせては
砂浜に　滲みて消え
人の心へ
滲みてゆく

間借りの日

一人部屋の
天窓の光は
窓のない
薄暗い部屋の
中ほどにある
いくら明るくても
温かみのない
牢獄
電灯ではない
天窓の光は
躁鬱の青い牢獄
窓のない
四方のベニヤ板
孤独の部屋
何の納まりも
考えようもなく
たたずむ

取入れの後

溢れそうな　もみがらの
袋を引きずる
もんぺ姿の
いとこのねえさんが
笑っている

黒い土ドロの田んぼ
踏み跡のうね
もみがらのもんぺの裾
かすかに見ながら
もみがらの袋を　なおも引く
秋風を背に

裏の田んぼは、それほど大きくはない。家中が、それぞれに関与する。日頃は会うこともない家族でも、何かの機会に顔を合わせることがある。

秋の取り入れ後は、開放感があり、それぞれが、戸外で動きまわる。

筑後川

体のどこかに
住みついている川

川を知ったのは
小学生のころ

川で泳いだのは
その時だけ

遠く離れて
その氾濫を聞いた

体のどこかにもどかしく
暴れている人の

哀しさが
体に住みついている川

変えられない

人は歩く
人は歩いてきたから
その道を歩く
これからの道は知らず
これから変わりたいと
思っていても
歩いた道を歩く
それでいい
何もないが
いつもの慣れた道が
無くなるまで
それが道だから
歩き続ける
時は流れる
変えられない
バラ色の道でも
みじめと分っていてもいい
変えられない
人だから

詩を書く

詩を書いていた
どうして詩を書くのか
もう数ヶ月の間
詩を書くまいと思った
体のどこかに滓がたまるように

朝は体がだるく
昼は無性に眠い

この世は　夜
そこに詩界があった

認知症

そちらへ行くと言っただろ
いや　聞いていない
何度言っても残らない
そんなこと
人に起こるとは

何時に家を出たの
それ　もう四回目だよ
何度言っても残らない
そんなこと
人に起こるとは

人に訪れた悲劇
いや　むしろ幸せなのか
後悔と怨念に苦しむ世
それを超越した
不都合を消し去る人

雀の子

庭先で　雀が食べている
雀の家族が
パン屑を食べている
小さい雀
大きい雀
親が居れば
子雀は　自分で餌を食べる
親雀がいなくなった
小雀が　餌をもらっている
子雀は
自分で　餌を食べてはいけない
自分で食べれば
親子ではなくなる
広い
庭の草むら
その中の家族
親子の絆は
薄い

元旦の朝

何の鳥か
電線に群れている

朝日をあび
一羽の鳥が飛立つ
全部が飛びあがり
また　もどる

寒くはない
寒くはない

元旦だ
まだ若い
若い

人の終り

もういいだろう
何かの本が
そう言っていた

人の尽きる日は
遠く淋しい山奥か
海の果てから
来はしない
うらはらな
背中に
もういいだろうと
しのび込む

ねまきの紐が
ゆるむように
からだが
ずるりと落ちる
そして尽きる

唐津城

海天雲《かいてんくも》なく　青莎《せいさ》を行《ゆ》く
天守《てんしゅ》の容姿《ようし》　蒼冥《そうめい》の中《なか》
朝鮮役後《ちょうせんえきご》　四百年《よんひゃくねん》
威厳新《いげんあらた》なり　唐津城《からつじょう》

孤独

見上げる遥かな
暑い日射しの 石畳
色褪せた 軒先の家並み
二人連れの影が ただ一つ
暑い日射しの 昼下がり

石の畳は 燃えている
はなやかな 賑わいは失せ
枯れた戸板が 垂れる
あえぎて たどる坂
どこまで続く
変哲もない 石の道
そこに留まれない 自分を
追いかけながら
石を数える

人の どよめきが去った
道を見つめながら
辿らねばならぬ
坂道

あとがき

人生のなかの葛藤。その度に、詩やメモのように書いた言葉が四百四十余りになっていた。中には、意味不明のものさえある。だが大半は、当時起った心の動きを蘇えさせるものだ。そのような回想が後に起こるとは当時は夢想だにしなかった。

書いた詩は、短文で深い情景や情緒を読む人に与えるものと思う。だから詩を書くのは難しいと思ってしまう。だが、日記を書くと言えば、誰でもが容易に出来る。若い頃、最初は歌詞を書いてみたいと思っていた。すると書いている内に、出来事を日記代わりに短文で書くのが通常事になってしまった。短文なのか詩なのか、自分でも分からず書いている。それでいい。己れに起こった出来事を、己れに呼び戻せばよいと思うようになった。日記とは異なった感情の動きを深くするには、やはり余計な多くの言葉は不必要なのだ。詩とは言えない文や歌詞のようなリズムを好むが故に、文語的な語集となる。それは現代の頑なな語述とは異なる。そして古典的メロディーになり心の片隅に残る。

夜がきて我が人生は終りだと眠る。鳥の鳴き声や、人が動く物音で目が覚める。

明るい朝。新たなる一日の人生が始まる。歳を取れば、その日が人生だ。

荒川洋治著の『詩とことば』を読んだ。その中に、

「一生の間に、一冊の詩集を出してみたい」

「自分の言葉で、自分だけのリズムで、自由にうたいたい。言葉を残したい」

と書かれている。読んだ当時は成程という感覚だったが、それが日を追うにつれて益々心に広がり、「総集編」としてまとめてみたいと思うようになった。まとめるのは簡単ではないが、どうせやるなら、個々の詩を書いた状況などを付記することにした。

日一日と老化が厳しい現実の中で、読みかえせば少しでも当時の心にもどれるかとのささやかなねがいである。

平成二年十二月二十日　記

片山正昭　略歴

1939年生まれ。福岡市出身。久留米大学附設高等学校、九州大学理学部化学科卒業。旭硝子株式会社に入社。関連会社・旭ファイバーグラス取締役。退役後の趣味は、木細工、詩作「日々漫成の詩」、随筆「先憂」、「日本の漢詩」編集、「漢詩語彙集」「蘇峰による近世歴史上の詩歌」などを手掛けている。

Home Page; http://ss835503.stars.ne.jp/qngkd801

日々漫成の詩　生涯の詩集

2024年4月11日　第1刷発行

著　者　　片山正昭

発行人　　大杉　剛

発行所　　株式会社 風詠社

〒553-0001　大阪市福島区海老江5-2-2 大拓ビル5 - 7階

TEL 06（6136）8657　https://fueisha.com/

発売元　　株式会社 星雲社（共同出版社・流通責任出版社）

〒112-0005　東京都文京区水道1-3-30

TEL 03（3868）3275

装　幀　　2DAY

印刷・製本　小野高速印刷株式会社

ISBN978-4-434-33905-9 C0092